돌아올 곳이
되어주고
싶어

돌아올 곳이 되어주고 싶어

글 김화숙
그림 이도담

살다가 눈을 뜨고
싶지 않을 만큼
고통스러운
순간이 와도
우리에게는
돌아갈 곳이 있다.

혼자인 것 같아도
내가 고통에서
평안으로 오기를
두 팔 벌려
기다리는 누군가가 있다.

돌아올 곳이 되어주고 싶어

서른둘에 나는 나에게로 돌아왔다. 잃어버렸던 나를 찾은 순간부터 내가 누구인지 알아가는 과정이 시작되었다. 정체성의 혼돈으로 시작된 방황은 서른을 넘기고서야 끝이 났다. 나는 죽음에서 생명으로 옮겨졌다. 이후로 나는 누구를 만나든, 무엇을 하든, 어디로 가든, 오롯이 나로서 존재할 수 있게 되었다. 창조 본연의 나를 만난 이후의 삶은 안연하다. 오십을 기점으로 절대 사랑 안에서 더욱 평안하고 자유롭다. 삶이 시작되었을 때 가지고 태어난 자연스러운 것으로 춤추고 노래하듯 산다. 나는 정체성이 탯줄처럼 끊어진 채 세상에 던져졌다. 두 아이의 엄마가 되고 서른을 넘기기까지 자신이 누구인지 몰랐다. 세상에 하나뿐인 고귀한 존재로 태어났지만, 서른 무렵이 되기까지 슬픔과 고통에 짓눌려 살았다. 외로움과 허무가 삶을 관통하던 내 나이 서른둘, 여섯 살 때 보육원에서 처음 만났던 주님이 나를 다시 찾아오셨다. 내 삶을 시작하신 분이 찢기고 상한 영혼을 재창조하셔서 다시 돌려주셨다. 나는 그분께로 돌아가 오랜 죽음에서 깨어나 고유한 내가 되었다.

존재의 근원으로 돌아가기 전까지 나는 모진 바람 앞에 홀로 서 있는 한 자루의 위태로운 촛불이었다. 모진 방황과 지독한 외로움과 길고 긴 허무한 시간들을 지나 진정한 나를 찾았다. 그 이후로 오랜 고통들이 사라졌다. 깊은 슬픔으로 그늘진 영혼에 천상의 빛이 내려와 슬픔을 기쁨으로 바꾸었다. 잃어버렸던 나에게로 돌아와 비로소 쉴 수 있었다. 고유한 나로 다시 태어나는 순간 내 안에 잉태하고 있었던 오래된 슬픔은 타인을 향한 연민이 되었다. 나는 묵직한 슬픔을 어떻게 떠나보내야 할지 몰랐고, 스스로를 되찾기 위해서 무엇을 해야 할지 몰랐다. 내가 한 일은 나를 향한 사랑을 포기하지 않으신 하나님께 돌아간 것뿐이었다. 나를 위해 열어놓으신 빛의 문으로 들어가니 그곳엔 창조 본연의 모습으로 보전된 고유한 내가 있었다. 그때로부터 유일한 내 삶은 다시 시작되었다. 서른둘, 이르지도 늦지도 않은 나이에 나는 다시 태어나 새로운 삶의 방식과 태도로 살게 되었다. 존재 자체를 사랑하며 한결같이 환대하시는 하나님의 사랑 안에서 나의 정체성은 다시 세워졌다.

하나님은 나에게 책을 대리자로 보내주셔서 내 슬픔을 치유하셨다. 그리고 나를 슬픈 사람들의 위로자로 보내며 당부하셨다. 슬픈 영혼은 오직 사랑으로 품어 안아줘야 한다고. 닫힌 마음을 열 수 있는 유일함은 무조건적인 사랑뿐이라고. 환산되지 않고 계산되지 않는 사랑만이 영혼을 자라게 한다고. 사람의 닫힌 마음은 오랜 시간을 거쳐 오직 사랑으로서만 열 수 있다고 가르쳐주셨다. 식물이 빛의 강약에 따라서 단단하게 자라는 것처럼 우리도 사랑의 강약에 따라 단단하게 자란다. 살다가 눈을 뜨고 싶지 않을 만큼 고통스러운 순간이 와도 우리에게는 돌아갈 곳이 있다. 혼자인 것 같아도 내가 고통에서 평안으로 돌아오기를 두 팔 벌려 기다리는 누군가가 있다. 사랑으로서 품에 안아줄 따스한 영혼을 가진 사람이 가까이에 있다.

밤과 낮이 반복되고 추위와 더위가 반복되듯 우리 마음에도 슬픔과 기쁨이 반복된다. 슬픔의 날에 나에게 찾아온 그분처럼 나도 누군가에게 잠시 쉬어갈 품이 되어주고 싶다. 부스러기라고 생각하며 살던 나에게 가지고 태어난 존귀함을 볼 수 있는 눈을 열어주신 그분처럼, 방황하는 마음의 심층부로 들어갈 수 있는 사랑으로. 그 늘진 곳에 고요히 내리는 빛으로. 고유한 자신을 찾아가도록 곁에서 돕는 자로 머물고 싶다. 내 안에 있는 모든 힘이 사랑으로 변환된다면 긴긴날 한결같이 사랑할 수 있으리라.

내가 지금까지 살아 있는 것은 누군가 돌아올 곳이 되어 주었고, 부족함에도 받아들여 주었고, 반겨 맞아 주었고, 사랑해주었기 때문이다. 누군가 슬픔의 정점에서 죽음을 생각할 때, 회복된 삶으로 써 내려간 나의 글이 그들의 고통을 위로해 줄 수 있으리라. 나의 글이 뭇사람이 자신을 찾아가는 데 도움이 되고, 삶의 어떤 순간에도 사랑을 선택하여 서로 연대하며 살도록 이끌어 주기를 소망한다. 그리고 삶의 목적을 발견하여 죽는 순간까지 꿈을 이루기 위해 달려가는 데 도움이 된다면 더 이상 바랄 게 없겠다. 이 책을 읽는 누구라도 죽을 때 후회하지 않는 삶의 방식을 선택하여 아름답고 평안한 삶의 길로 들어서기를 기도한다.

2022년 빛이 내리는 어느 날

김화숙

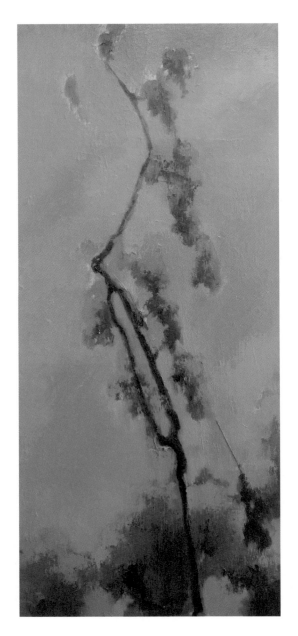

키가 큰 나무 65x28.5cm_Oil on canvas_2021

서문

제 1 부

오월 햇살의
비추임 같이

제 2 부

다시
시작하기에
늦지 않은

제 3 부

어둠은 반짝이는 것들의 배경이 되고

제 4 부

그 모습
그대로 품에
안고서

지금 살아있다는 것, 책임질 일이 있다는 것에 감사하며 빛으로 둘러싸인 어수선한 삶과 더불어 살아간다. 인생은 조금의 즐거움과 숱한 탄식 사이에 존재하는 것 같다. 그 사이에서 일어나는 모든 일들이 우리를 온유하고 겸손한 삶으로 인도할 것이다.

제1부

오월 햇살의
비추임 같이

감사묵상

맑은 주말 아침. 남편과 함께 지인들과 나누어 먹을 점심을 준비해 놓고, 텃밭에 나와 꽃을 보며 마음 쉬어간다. 나의 기쁨이요 즐거움인 제라늄의 첫 꽃이 피었다. 며칠이 지났을까, 곱게 피어난 제라늄 꽃잎에 구멍이 숭숭 뚫려 있다. 처음 보는 일이라 의아했지만 그러려니 내버려 두었다. 다음 날 아침 다시 자세히 살펴보니, 내게 큰 기쁨을 주는 피치색 제라늄의 아기 꽃봉오리가 사라져 있었다. 고이 접혀 있던 꽃잎이 사라지자 내 마음도 아기 꽃봉오리처럼 빈 껍데기가 된 것 같았다. 텃밭에서 케일을 갉아 먹던 초록 벌레가 모두 파먹은 것이었다. 벌레는 봉오리 속에서 펼쳐질 날을 기다리던 꽃잎을 모조리 갉아 먹어 빈집으로 만들었다. 며칠이 지나자 벌레를 피해 살아남은 꽃잎 몇 장이 구멍이 숭숭 뚫린 채로 피어났다. 남은 꽃잎 몇 장을 끝끝내 피어 올린 꽃을 바라보고 있자니 마음이 뭉클해졌다. 예쁜 꽃빛이 내 눈동자에 어른거렸다. 그 모습이 차마 보기 아까워서 손끝으로 여린 꽃잎을 살살 만져보았다. 꽃잎의 부드러운 촉감과 복숭아 빛 설렘이 손끝에 묻어 나왔다.

텅 빈 꽃봉오리를 보며 생각했다. 작은 벌레 한 마리가 감사를 갉아먹으면 기쁨이 사라진다는 것을. 감사를 잃어버리면 풍족하게 주어진 것에도 감사하지 못할 때가 얼마나 많은지. 있는 것에 감사하지 못하고 없는 것만 바라보면서 소중한 삶을 갉아 먹을 때가 얼마나 많은지. 돌봄을 받으며 살아온 삶. 감사할 일들이 수도 없이 많은데, 감사는 다 잃어버리고 불평만 늘어놓으며 살아온 것은 아닌지 되돌아본다. 감사를 잃어버리면 사는 게 너무 힘겹게 느껴진다. 감사는 우리의 삶을 부드럽게 만들어 주는 윤활유다. 감사라는 윤활유가 말라버리면 일상은 굉음을 내지르며 삭막해진다. 기쁨과 감사를 잃어버린 삶이란, 한동안 서로의 살을 깎아 먹는 것으로 유지야 되겠지만, 곧 멈출 수밖에 없는 시한부가 될 것이다. 살아있지만 마지못해 사는 것처럼.

우리 모두는 태어날 때 하늘로부터 아름다운 일생을 선물로 받았다. 그 삶을 넉넉히 살아낼 수 있는 능력 또한 함께. 그러나 생명의 주인이신 창조주를 알지 못해서 지극히 작은 벌레 한 마리에게 삶을 송두리째 갉아 먹힌다. 이미 가지고 태어난, 잘 살 수 있는 능력을 도둑맞아 아무것도 못 하는 사람처럼 살아간다. 작은 벌레 한 마리가 인생을 망치지만 내 의지만으로는 막을 수 없다. 허다하게 겪는 많은 일들이 그렇다.

벌레에게 꽃은 닥치는 대로 먹어 치우는 음식일 뿐이다. 꽃잎이 생생하게 부풀어 오르던, 은빛 솜털이 보송보송한 초록빛 텅 빈 집을 하나하나 눌러본다. 기다리던 것들이 사라진 텅 빈 집. 사랑하는 이를 기다리듯 다시 꽃봉오리가 자라나길 기다린다. 벌레 먹은 삶도 꽃과 같이 온전한 모습으로 피어나길 기다린다. 지금 살아있다는 것, 책임질 일이 있다는 것에 감사하며 빛으로 둘러싸인 어수선한 삶과 더불어 살아간다.

인생은 조금의 즐거움과 숱한 탄식 사이에 존재하는 것 같다.
그 사이에서 일어나는 모든 일들이
우리를 온유하고 겸손한 삶으로 인도할 것이다.

고운시간

잠깐 비가 그쳤다. 아이 얼굴처럼 부드럽고 탐스러운, 연노란 빛이 도는 흰 꽃의 목을 잡고 좌우로 흔들어 빗물을 털어낸다. 그치지 않고 내리는 비에 꽃봉오리가 고개를 숙였지만 빗물을 털어냈으니 목이 꺾이지는 않을 것이다. 빗물을 머금고 활처럼 휘어진 꽃송이 사이의 빗물을 털어내자 꽃은 흰빛의 싱그러운 얼굴로 나를 바라본다. 꽃의 시간은 너무나 짧다. 오롯한 아름다움과 향기를 누릴 수 있는 시간이 조금 더 길었다면 꽃의 시듦이 덜 아쉬웠을까. 연둣빛으로 피어나 흰빛이 된 목수국은 이내 하얀 속살을 한 점도 남기지 않고 모두 나뭇가지 아래로 떨어뜨렸다. 나무가 서 있는 자리 아래로 흰 속살이 떨어져 수북이 쌓이고, 앙상한 초록 뼈대 사이로 바람이 지나간다. 해마다 반복해서 피어나도, 꽃은 늘 순간에만 머물다 떠난다. 시간이 바람처럼 불어온다고 모든 꽃이 피어나는 것이 아니듯 내면의 성장 또한 시간이 흐른다고 저절로 되는 것은 아니다. 그렇기에 자랄 수 있는 기회가 주어졌을 때 성장하는 것은 한없는 축복이다. 고통스러운 환경에 처한다고 해서 누구나 자라는 것은 아니니까.

굵은 빗방울이 쉼 없이 흰빛의 꽃 볼에 내려와 물의 압력을 더하면 아름다움은 고개를 숙인다. 꽃은 그치지 않고 내리는 빗물을 흘려보내고 또 흘려보내지만, 끝내 비는 그치지 않는다. 세찬 비를 맞는 작약꽃을 바라보는 내 마음도 젖어 들어간다. 설렘으로 기다린 짧은 만남이 지고 나면 나는 또 오랜 시간 그 향기와 여린 잎이 가져다줄 설렘을 기다린다. 밀려오는 어둠을 몰아내는 매일의 빛을 기다리듯이. 내가 가진 것 중 가장 큰 민트색 우산을 작약꽃에게 씌워준다. 빗물에 상할까 봐 튤립에게 우산을 씌워줬던 것처럼. 차가운 비를 맞아도 꽃의 향기는 꽃의 것이다. 낮 동안 마음을 사로잡았던 향기가 밤에도 여전히 코끝에 맴돈다. 해마다 오월이면 마음은 언제나 꽃 옆에 이불을 펴고 눕는다.

언젠가는 작약 옆에 이불을 펴고 잠들리라.
연분홍빛으로 피었다가 흰빛이 될 때
내 영혼도 더 고운 빛으로 변하여 그 곁에 머물리라.
그의 향기에 묻혀 나도 향기로우리라.
짧은 아름다움으로 긴 고통의 시간을 지나가리라.
시든 꽃에 머문 향기로도 감사하리라.

푸른 초상 91x65cm_Oil on canvas_2021

뜨겁게 찰랑거려

양팔로 몰랑몰랑한 뜨거운 물주머니를 가슴에 밀착시키고 춤을 춰

주머니에 담긴 뜨거운 물은 사랑할 때 뜨겁게 찰랑거려

순수한 어린아이라서 따뜻함에 먼저 마음이 녹아내려

따스함에 기분이 좋아지면 손가락으로 리듬을 타며

재롱을 부리지 쪼그라든 몸을 덥히려고

뜨거운 물주머니를 분홍 털조끼 안으로 밀어 넣으면

무표정한 얼굴에 함박웃음이 찾아와

우리는 마주 보며 뜨겁게 물결치지

홀쭉하여 주름진 몸이 더 추울 것 같아서

세 시간 간격으로 물주머니를 만들어

열기로 부풀어 오른 주머니를 품에 안고서

기쁨에 겨워 춤을 추며 다가가면

주름 깊은 창백한 손으로 물주머니를 받아서

무릎 위에 놓고 손으로 톡톡 두드리지

몰랑몰랑한 물주머니를 조끼 안에 품고 배가 볼록 나오면

애기 뱄다고 웃으며 장난을 치지
뜨거운 애기가 품에 안겨들 때마다
금세 기분이 좋아져서 터진 웃음보에서 흡족한 미소가 번져
따뜻해진 손을 얼굴에 비비기도 하고
목에 감싸기도 하며 즐거워하지

말랑하고 부드러운 것들을 딱딱하게 만들어 버리는 차가움을
부드러운 따뜻함으로 덮으면 웅크렸던 것들은 활짝 펴지고
강추위가 와도 물주머니가 만들어주는
따스함이면 거뜬히 지나가지
인생의 겨울이 아무리 추워도
내가 품은 뜨거운 것들이 나를 보호해줄 거야
사랑은 언제나 부드럽고 따스하고 친절하니까

아침에 일어나면 어제의 뜨거움은 싸늘하게 식어있지

어른아이는 잠들기 전에 따뜻했던 것만 기억하고
소파에 있는 초록색 물주머니를 집어 들지만
규칙적인 수고로움이 차가움을 따뜻함으로 바꾼 것을 알지 못해
저절로 따뜻해질 수 없는 차가운 것들은
뜨거운 가슴이 품어야 따뜻해지지
아무리 추워도 사랑은 작디작은 가슴에서 뜨겁게 찰랑거려

어제 따뜻했던 이유와
오늘 차가워진 이유를 기억할 수 있다면 얼마나 좋을까
누구라도 한겨울에 싸늘하게 식어버린
물주머니는 안아주고 싶지 않지
옆으로 슬쩍 밀어 자신으로부터 떨어뜨려 놓을 뿐
하루 종일 따뜻했던 게 왜 식어버렸는지 도무지 알 수 없고
걱정 근심조차 잊어버려서 그게 뭔지도 모르겠지만
그래도 사랑의 따스함만큼은 끝까지 기억했으면 좋겠어

모자를쓴 초상 2 53x45.5cm_Oil on canvas_2021

비 내리는 공원 산책

피콕블루 빛이 도는 나무와 새들이 보고 싶어서 더없이 아름다운 나무가 사는 동산에 오른다. 자드락 비가 나무를 후려치며 내리는데 새들은 어디서 비를 피하고 있을까? 나무 사이를 느리게 거닐며 찾아본다. 야트막한 언덕을 올라가면 뿌리를 드러내고 웅장하게 서 있는 산 벚나무가 있다. 땅바닥을 두들기며 내리는 비가 나무 아래 모여 있는 비둘기들의 깃털 위에서 방울져 내린다. 벚나무 아래 모여 종종거리는 비둘기 다섯 마리. 날아가서 비를 피하지 않고 흠뻑 젖은 나무 아래를 옮겨 다니는 발걸음이 바쁘다. 나무 밑을 떠나지 않고 모이를 쪼는 시늉을 하던 흰 비둘기 한 마리가 비 내리는 하늘로 날아오른다. 회갈색 네 마리는 아직 날아가지 않고 잎사귀 사이로 내리는 비를 맞고 있다. 땅을 적시는 둔탁한 빗소리만 공원을 가득 채운다. 더 거칠게 내리꽂히는 비는 고였다가 땅으로 스며든다. 지면 가까이에 있는 것들에 빗방울이 튀어 오를 때마다 입체적인 흔적이 남는다. 묵직하게 튀어 오르는 어려움으로 인해 삶에 껄끄러운 흔적을 남기는 것처럼. 기쁨도 고통도 삶 가운데 튀어 올라 거친 질감으로 우리의 영혼을 깨운다. 대지에 비가 내리듯 우리의 인생에도 때맞춰 소나기가 내린다. 새들이 모여 있던 나무 아래로 미처 스며들 겨를도 없이 물방울이 모여든다. 아무리 세찬 비라도 새의 겉 날개를 적실뿐 심층으로 스며들지 못한다.

낙엽이 쌓여 폭신폭신한 숲 한가운데로 들어가면 각양각색의 버섯이 자라는 걸 볼 수 있다. 말랑한 빵 같은 촉감의 이름 모를 버섯들이 조붓조붓 붙어 얼굴을 내밀었다. 어떤 것은 작고 앙증맞은 꽃을 닮았고, 또 어떤 것은 싸리 빗자루 모양을 닮았다. 쌀을 뿌려 놓은 것처럼 잔다랗게 핀 버섯도 있다. 흰색 계란이 흙 위에 앉아있는 것 같이 생긴 버섯은 멀리서도 눈에 띈다. 나무 냄새, 젖은 낙엽 냄새, 버섯 냄새, 새들의 냄새. 비 오는 숲에서는 인위적인 것에서는 느낄 수 없는 향기를 맡을 수 있다. 나는 아무도 없는 비 오는 숲 속에서 나무와 새들이 모두 들을 수 있도록 목청 높여 노래를 부른다. 발레슈즈 모양의 분홍 신발이 비에 젖어 걸을 때마다 찌걱찌걱 소리를 낸다. 마치 노래에 꼭 맞는 박자 소리 같다. 나무 사이를 걸을 때 낮게 내려온 나뭇가지가 우산 지붕 위의 빗방울을 훑는다.

늘 그 자리에 나무가 있다. 나도 늘 그 자리에 있다. 사철 언제 찾아가도 그 계절의 아름다움을 지니고서 그렇게 존재한다. 찾아가 마음 쉬었다 올 수 있도록. 내 마음속 꿈동산이 걸어갈 수 있을 만큼 가까이에 있어서 좋다. 작은 동산에 싱그러운 바람이 물결친다. 저녁이 비처럼 내려와 숲에 낮게 깔린다. 창밖은 빗소리로 어수선한데 새들은 어디서 비를 피하고 있을까. 젖은 날이 계속될 때면, 더 이상 맑은 날이 오지 않을 것 같다. 푸른 하늘을 가로질러 날 수 없을 것 같다. 우리는 비 내리고 바람 부는 날에 움츠러들지만, 새들은 날개가 젖어도 개의치 않고 날아오른다. 어떤 상황에서든 언제나 날아오른다. 언제든 찾아갈 수 있는 나의 동산은 한없이 푸르르다. 숲이 비에 젖어가는 동안 나만 홀로 비를 피했다. 나도 때로는 붙박이별처럼 그 자리에서 뿌리를 내리고. 시답잖은 것들은 버리고 함께 비를 맞고 싶다. 사람 나무로 그 자리에 붙박여 서 있고 싶다. 살아있는 것들을 품고서 흙은 매 순간 하늘을 올려다본다. 하늘도 눈을 떼지 않고 흙을 내려다본다.

일상에 내리는 비는 우산이 대신 맞는다.
언제나 나 대신. 숲속에 들어가면 나도
한 그루의 나무처럼 자연의 일부가 되어 비를 맞는다.
산책으로 일상의 산만함을 벗고 젖은 옷을 갈아입는다.

서로 사이에서 어우러져

　홀로 피면 알 수 없어라 사이에서 피어나는 아름다움을. 꽃은 서로 사이에서 조화롭고 화사하게 피어난다. 서로 어우러져 피어 있는 동안 의초로운 향기가 되고, 사이에서 어우러져 조화롭다. 조화로운 삶은 우리에게 새로운 것을 시도할 수 있는 힘을 준다. 이웃과 어우러진 삶은 서로를 결속시켜 각자의 어려움을 자신의 일처럼 돕게 한다. 아끼는 마음으로 서로를 대하면, 도움이 필요한 사람들이 보이기 시작한다. 진심에서 우러나오는 도움을 경험한 사람들은 이웃을 웃음으로 환대한다. 그들은 다시 사람들 사이로 걸어 들어갈 힘을 얻는다. 나도 누구를 만나든 그들이 가지고 태어난 고유한 색깔을 나타낼 수 있도록 도와주고 싶다. 사람들을 대할 때에 꽃봉오리를 어루만지는 마음으로 대하고 싶고, 마음으로 다가가 따스한 눈빛으로 바라보며 이웃에게 진심 어린 안부를 묻고 싶다.

　오후 세 시에 햇살이 서남쪽으로 난 창문을 통과해 쏟아진다. 매일 찾아오는 하늘빛 광채가 여문 튤립의 꽃잎에 머물면 꽃등에 환한 불이 켜진다. 작고 낮은 꽃들 사이에서 긴 목을 빼고 창밖을 바라보는 튤립. 꽃은 향기로 섞이고 우리는 서로 안에서 피어나 기쁨과 슬픔으로 섞인다. 화창한 날 오후가 되면 기울어지는 장엄한 빛이 집안 깊숙이 들어와 직사각형 모양으로 빛의 문을 만든다. 사선으로 드리워진 환한 문을. 해가 넘어가는 무렵이면, 빛의 기둥은 모양을 바꾸어 세로로 긴 문이 된다. 햇빛조명이 켜진 그 문 앞에 서면 그림자도 밝게 빛난다. 지는 해는 각도를 꺾어 매일 빛을 기다리는 사람들의 마음에 마지막 빛을 비추고 돌아간다. 우린 서로의 어둠을 뚫고 지나갈 수 있게 도와주는 용기이고 힘이다.

인격은 관계 안에서 성숙해진다. 혼자서는 고아한 인품을 가진 사람으로 성장할 수 없다. 우리는 어우러져서 살아야 하는 존재들로 태어났기에, 서로를 지탱시켜주는 사랑의 교제 안에 살 때 행복한 사람들이다. 인격은 관계 안에서 경험하는 이해와 배려와 공감을 통하여 성숙해진다. 서로 도우며 사는 사람은 인생의 쓰디쓴 페이지도 가벼이 넘길 수 있고, 맞닿은 따스함과 마주 잡은 손의 수고로 고통의 시간도 기꺼이 넘어갈 수 있다. 우리의 삶은 서로에 대한 관심으로 지켜진다. 본질적인 아름다움을 가장 많이 품고 있는 봄. 생명을 한껏 품은 봄볕은 우리의 마음에 사랑을 소생시켜 서로에게로 그 마음을 연결한다. 행복으로 때로는 고통으로.

신을 사랑하듯 자녀를 사랑했네

어머니는 자녀들을 유독 사랑하셨다. 자녀들을 위해 기도하려고 한 시간 남짓 걸어서 예배당에 가셨다. 새벽예배를 드리기 위해 어둠이 채 물러가지 않은 길을 홀로 걸어가셨다. 무릎까지 푹푹 빠지는 길도 마다하지 않고 눈길을 걸어서 오로지 기도하기 위해 예배당에 가셨다. 자식과 이웃들이 평안하길 바라며 새벽 제단에 무릎을 꿇으셨다. 금요 철야예배를 드린 후에는 긴 의자에서 겉옷을 덥고 쪽잠을 주무셨다. 새벽에 성전에서 깨어나면 못다 한 기도를 드리고 아침에 집으로 돌아오셨다. 어머니는 그렇게 신을 사랑하듯 자녀를 사랑하셨다.

어머니의 기도는 다 죽어가던 손녀를 살려냈다. 가을이 무르익을 무렵 어머니는 손녀를 살리기 위해서 죽음을 깔고 앉아 새벽이슬이 내리도록 기도를 하셨다. 하나님을 향한 어머니의 절대 믿음이 죽어가던 손녀를 살려냈다. 각지에 흩어져 살던 가족들이 모여들던 날 동네에서 큰 사고가 났다. 손녀가 지나가던 대형 트럭에 받혀 하늘로 붕 떠올랐다가 길옆에 쌓아놓은 흙더미 위로 떨어진 것이다. 손녀는 응급수술 끝에 다시 생명을 얻었다. 동네 사람들은 입을 모아서 할머니의 기도를 듣고 하나님께서 손녀를 살려주신 것이라고 말했다. 손녀를 살려달라고 하나님께 밤을 새워 눈물로 올려드린 기도가 응답된 것이라고. 어머니의 기도는 새벽 세 시에 의료진들의 잠을 깨웠다. 응급수술을 통해 죽음의 밤을 넘긴 손녀는 다시 살아났다.

어머니는 인정이 많고 심성이 고우셔서 남의 험담을 하지 않으신다. 찬송을 부를 때 어머니의 얼굴은 해맑게 빛난다. 치매가 진행되어 옛일 몇 가지만 기억하고 거의 잊으셨지만, 신기하게도 사도신경과 주기도문과 찬송가 만큼은 잊지 않으셨다. 이토록 고귀한 어머니의 삶을 지켜주고 싶다. 주님 품으로 가시는 그날까지 평안하게 사실 수 있도록 돌봐드리고 싶다.

치매 발병 후에 어머니께서 자식들에게 싸준 것들

검은 봉지에 들어있는 쓰다 만 휴지 다섯 봉지
장터에서 사 온 먹다 남은 오래된 과자 한 봉지
손바닥보다 작게 꼬부라진 표면이 오돌토돌한 가지 두 개
오래되어 바스러지는 댑싸리 나무를 묶어 만든 몽당빗자루 두 개
모가 벌어진 칫솔과 올이 빠진 수건 한 장
장독대와 이어지는 집 뒤 언덕배기에서 자란 머위 잎 몇 장
맨손으로 척척 꺾어 가을 하늘 아래에 펼쳐놓은 굵직한 토란 대
토란잎은 잘라내고 대공만 세로로 가른 물기 어린줄기 몇 가닥
말린 지 오래되어 벌레가 생긴 검고 진한 갈색 나물 조금

낡고 빛이 바래어 보잘것없어진 것들 안에 품겨져있는
어머니의 사랑
영원히 쇠하지 않는 신을 닮은 사랑

달이 있는 초상   53x45.5_Oil on canvas_2022

오늘의 감사

"내일을 두려워하면서 오늘의 감사를 잊는 것이 아니라, 내일의 두려움을 잊고 오늘을 감사할 줄 아는 사람이 되고 싶다. 서른이 되면서부터 결심한 것은 감사할 일에 마땅히 감사할 줄 아는 사람이 되는 것. 지나간 일을 계속 되새기며 감사를 잊지 않는 사람이 되는 것이다. 또 악을 악으로 갚지 말고, 마음이 무거워지도록 가만히 내버려 두지 말기. 번아웃이 왔을 때 보다 더 건설적인 방법으로 극복하는 법을 터득하기."

딸의 결심처럼 나도 오늘을 감사할 줄 아는 사람이 되고 싶다. 고통 중에도 감사할 수 있는 성숙한 어른이 되고 싶다.

나의 단짝 친구인 딸이 인격적으로 성장하는 모습을 보니 하나님께서 살아계신 것이 분명하다. 주변을 말끔하게 정리하고, 정결하게 사는 딸의 모습을 보며 나는 큰 위로를 받는다. 색감과 소재를 맞춰서 멋스럽게 옷을 입고 신발과 가방을 맞춰 드는 것을 보며 딸의 멋진 감각에 감탄한다. 자기만의 공간을 머물고 싶은 안식

처로 바꿀 줄 아는 딸을 보면 부럽기도 하다. 딸 또한 나처럼 예민
함에도 불구하고 불면증 없이 깊은 잠을 자니 한없이 감사하다. 또
감사한 일은 딸이 죽는 날까지 하고 싶은 일을 찾았다는 것이다. 더
감사한 것은 많은 불안과 갈등, 가난과 고달픔에 지지 않고, 두려움
을 이기고 자기만의 길을 가는 의연한 사람이 된 것이다. 깊은 영혼
으로 단단하고 멋진 화가의 모습이 되어가는 것을 보니 무척 감사
하다. 그림은 작가의 삶의 깊이만큼 깊어진다. 고유한 빛깔로 발색
되어 점점 깊어지는 그림을 매일 보는 일도 나에게 큰 기쁨과 감사
를 안겨준다. 딸이 매일 드리는 기도 속에 내가 있는 것도.

딸이 하나님께 드리는 오늘의 감사가
나의 감사가 되었다.

웃을 수만 있다면

뿌연 아침이 밝았다. 맑게 갠 아침이 밝아오기에는 아직 먼 것 같다. 언제쯤 갠 하늘을 볼 수 있을지 가늠할 수 없을 만큼 뿌연 하루의 시작과 끝이 반복되었다. 아들과 엄마는 화장실 거울 앞에 나란히 섰다. 아들은 엄마의 양치를 시키기 위해 매일 아침저녁으로 나란히 거울 앞에 선다. 감긴 머리를 약한 드라이 바람으로 말린 후에 은백색 머릿결을 가지런히 손질해 주고 세수한 얼굴에는 화장품을 발라 꽃단장을 시킨다. 외출 전에는 버버리 향수를 뿌려준다. 손녀딸이 주간보호센터에 가는 할머니를 배웅하러 내려오면 할머니는 그런 손녀가 예쁜지, 껴안고 놓지 않는다. 쌀쌀한 날씨에 얇은 남방을 입고 내려온 손녀딸의 목덜미가 추워 보였는지 미세하게 떨리는 손으로 단추 두 개를 채워준다. 평소에 채우지 않아서 뻑뻑한 단춧구멍에 단추 두 개를 밀어 넣는다.

어머니에게 밝고 포근하고 예쁜 것을 주고 싶어서 1인용 꽃 이불 세트를 사 왔다. 어머니가 부드럽고 몰랑한 이불을 덮고 주무실 생각을 하니 내가 더 기쁘고 행복하다. 오후 5시가 넘어 집으로 돌아온 어머니 앞에서 나는 꽃무늬 베갯잇을 들고 그 뒤에 얼굴을 감추고 목소리로 재롱을 부리다가 방긋 웃는 얼굴을 보여주었다. 어머니는 나를 보며 크게 웃으셨다. 어머니가 활짝 웃으니 나도 마냥 행복했다. 이번엔 이불 뒤에 숨어서 흔들며 목소리만 들려주었다. 어머니가 나에게 가까이 다가오자 흔들던 이불을 아래로 내리고는 까꿍 소리를 내며 어머니와 눈을 맞추고 방긋 웃었다. 어머니는 깔깔 소리를 내며 큰 소리로 웃으셨다. 나도 따라서 같이 웃었다. 어머니를 웃게 해드리고 싶었다. 어머니는 분홍색 바탕에 초록색과 빨간색 꽃이 어우러진 꽃 이불과 흰색 레이스로 테두리를 두른 베갯잇이 예쁜지 손으로 쓸어내리듯이 만지셨다. 그러고는 나를 보며 "예쁜 사람이 예쁜 짓만 하네."라고 말씀하셨다.

집 근처 공원에 바람을 쐬러 가기 위해 어머니 신발을 신겨드렸다. 외출 전에 어머니를 웃게 해드리고 싶어서 하얀색 신발장 앞에 놓아둔 작고 앙증맞은 산타를 오른손에 들었다. 태엽을 감으면 움직이는 귀염둥이 산타 인형을 들고 어린아이 목소리로 어머니 이름을 부르며 장난을 쳤더니, 어머니는 이번에도 다섯 살 아이처럼 해맑게 웃으셨다. 어머니의 박장대소에 내가 더 많이 웃는다. 산책하고 돌아오는 길에 어머니는 나를 보고 "예쁜 사람아" 하며 연

신 예쁘다고 쓰다듬어주셨다. 전적
수발과 부분적 수발이 씨실과 날실
처럼 위태한 노년의 남은 삶을 직조
해간다.

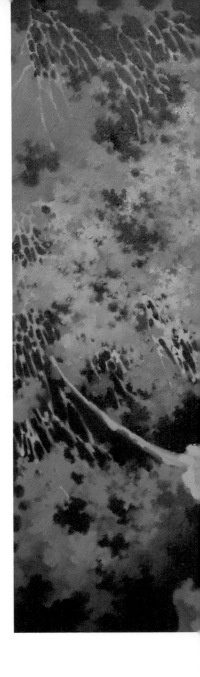

나무 아래 서기 91×73cm_Oil on canvas_2021

이웃에게로 가자

절대 진리에 속한 것만 제외하고 나이만큼 고착된 것들에게 자유를 주자. 본질이 아닌 것들이 다 떨어져 나가게 두고 사라져야 하는 모든 병적인 생각과 행동을 태워버리자. 마음이 떠난 자리에 흔들리는 울타리로 남겨진 관계를 놓아버리자. 허물어져야 할 울타리같이, 차마 놓을 수 없어 붙들고 있는 관계에서 벗어나자. 삶의 어떤 순간에도 흔들리면 안 되는 것들은 굳게 지키자. 한때 고마웠던 사람도 진리를 대적하면 거리를 두고 끌려들어 가지 말자. 아주 멀어지지 않을 만큼의 거리를 두고 돌이키길 기다리자. 오늘 감격했던 일도 내일은 거짓이 될 수 있으니 지나친 슬픔과 기쁨을 경계하며 자연스러운 흐름에 맡기자.

지천명이 지났으니 살면서 터득한 분별력을 믿어보자. 흔들리는 것들은 흔들리게 놔두고 떨어져 나갈 것은 떨어져 나가게 두자. 멀어지는 것들은 멀어질 것들이었으니 마음 쓰지 말자. 아주 끝난 것 같은 상황에서도 내부로부터 솟는 소망으로 살아났고, 들고 가지 못할 무게를 지고 여기까지 왔으며, 다시 할 수 없을 것 같았던 일들을 여전히 지속하고 있고, 삶의 거친 소음이 노래로 바뀌었으니 이제는 춤을 추며 소외된 곳으로 가자. 앞으로 남아있는 삶의 시간은 알 수 없지만, 나의 사랑 나의 주님의 손을 잡고 그 목소리를 따라가자. 흔들려도 떨어지지 않고 끝끝내 남아있는 것들을 가지고 이웃에게로 가자. 진실된 삶으로 노래하자.

사랑으로서만 사랑하자.
영원한 시간 속에서 느긋하게 사랑하자.

좋아

작고 소박한 것들과 간소하게 사는 방식이 좋다. 굳이 필요하지 않는 것들을 과감하게 생략할 수 있어서 좋고 마스크를 쓰니 꾸미지 않고 민낯으로 거리를 활보할 수 있어서 좋다. 나이가 들수록 복잡한 삶에서는 멀어지고 작고 간편한 삶을 택하게 되니 좋다. 곁딸린 것들을 놓을 수 있어서 좋고 유한하여 더 소중한 삶에서 지엽적인 것들에 무심할 수 있어서 좋다. 서서 밥을 먹거나 불을 켜지 않은 식탁에서 혼자 밥을 먹어도 좋고 가족들과 함께 밥을 먹는 것은 더 좋다. 책 읽기와 글쓰기가 주방 일을 즐겁게 할 수 있게 도와주니 좋고 입맛이 없을 때 과일을 반찬 삼아 밥을 먹을 수 있어 좋고 우유에 밥을 말아 먹을 수 있어서 좋다.

꿈을 이루기 위해 집중하는 시간에는 주변에 있는 것들을 단순화 시킬 수 있어서 좋다. 필요 이상으로 공감하던 것들에 절제가 깃들어서 좋고 아까운 시간을 책이 차지해주어서 좋다. 책이 의미 있는 시간을 만들어줘서 좋고 글을 쓰고 난 후에는 평안히 잠들 수 있어서 좋다. 책 읽는 시간에 불안이 희석되니 좋고 신의 사랑이 반복되는 삶의 페이지를 안연하게 넘겨주어 좋다. 중병에도 목숨이 죽음에 넘겨지지 않아서 좋았고 껍데기들은 죽음에 넘겨져서 좋았다. 절망하던 사람들이 사랑으로 소생되어서 좋고 아직 할 일이 남아 있는 사람에게서 죽음이 비껴가서 좋다. 작고 소박한 것들이 마음을 차지하여 좋고 화려하고 거창한 것들이 관심 밖으로 밀려나니 더 좋다. 희미한 것과 약한 것들이 그들의 고유성을 지닌 채 제자리에 있어서 좋고 강력하고 고집이 센 것들과 맞지 않는 것들이 삶의 주변으로 점점 밀려나니 좋다.

희망이 빛처럼 내려와

혹 살다가 푸른 하늘이 잿빛에 가려져도
먹구름이 햇살의 내려옴을 막아도
젖은 일상 위로 희망이 빛처럼 내려와
고유한 결로 만들어지고 있음을 잊지 마

어수선한 시간의 모퉁이를 돌아서면
이전과는 같지 않은 삶이 기다리고 있어
베어 넘겨진 나무밑동에서 새순이 올라오듯 그렇게
희망을 따라가도록 연습되어진 삶의 방식이
너를 깊고도 단순한 삶으로 이끌어 줄 거야
울며 걷는 길이 끝날 때쯤이면
닫혔던 시간은 열리고 흔들려도 서로에게 더 가까이 다가가고
너를 둘러싼 각양의 묵직함이 기쁨으로 변하여 가벼워질 거야
꿈도 이슥한 밤을 지나야 더 선명해지고
비틀거리고 흔들린 시간 뒤에 제자리를 찾듯이

헤아림을 받은 고운 마음으로 너도 헤아리고

사랑받은 따스한 햇살의 마음으로 사랑하며

네가 먼저 너를 기대하면서 감추어진 시간을 견뎠으니

시간을 따라 이동하는 햇살의 아름다움을 보게 될 거야

삶을 진동시키는 사랑이 네 가슴에서 희망의 꽃으로 피어나면

살아있는 꿈의 중심에서 너는 영원히 푸르를 거야

뜻을 정하고 꿈의 길의 걷는 동안 너의 걸음에 네가 걸려 넘어져도

너는 삶의 모든 순간 감사를 되살려 마음을 일으키면 돼

감사와 기쁨이 일상을 이끌어 가도록

그때쯤이면 민감한 고통지수는 줄어들고 행복지수는 늘어나

아린 고통은 따뜻한 것들 안에서 잠잠해질 거야

거칠게 내쉬는 한숨도 네가 살아있으므로 쉬는 숨이니

네 삶의 모든 순간은 태어난 모습그대로 아름다워

네가 살아보려는 몸짓이 누군가에게 희망이어서

너의 삶은 지금 모습 그대로 아름다워

그대 그리워

그대의 아름다움이 내 안의 아름다움을 깨우리

그대를 향한 내 사랑은 향기 품은 그리움이라

곱고 아름다운 것을 보노라면 그대 그리워

꽃잎의 평온한 나풀거림을 보노라면 그대 그리워

한낮의 고요와 침묵에서 영원한 나라를 느끼면 그대 더욱 그리워

그대에게 향기롭고 부드러운 것들을 모두 보내고 싶어

그대를 향한 나의 그리움과 일상의 감격도 함께

창가의 진주빛 자개 모빌이 옅은 바람에

들릴 듯 말 듯 들려주는 수줍은 소리와

바람이 꽃잎 사이를 지나오는 소리,

햇살이 꽃잎 위에 사뿐히 내리는 소리

매일 물이 공급되는 촉촉한 땅에 식물이 뿌리내리는 소리와

무르익은 햇살이 정원의 담장 밑 가장자리로 이동하면 볼 수 있는

빛이 머물러 있는 땅과 빛이 지나간 땅의

각각의 아름다움을 같이 보고 싶어
망망한 세상에서 오직 한 사람으로 고정된 그대 향한 내 마음은
봄볕 사랑이고 겨울 볕 그리움이야

그대와 나 돌아가야 하리
그대에게 매일 새로운 기회를 주려고
목숨을 버린 그분, 생명의 근원으로

그대와 나 찾아야 하리
눈뜨면 노력하지 않아도 춤추듯 살게 하는
우리가 가지고 태어난 창조 본연의 사명을

그대와 나 흘러가야 하리
우리에게 돌아올 품이 되어준 그 사랑으로
낮은 곳으로 흘러가서 죽음을 되살리는 사랑으로 흘러야 하리

유한한 현재에서, 영원한 것을 보는 눈이 뜨이는 곳에서 나는 날카로운 것

에 찔리고 흔들리며 조금씩 곧게 선다. 본질을 찾게 해주는 나의 그림자와

비틀거리며 매일 조금씩 바로 서는 내가 같은 자리에 있다.

제2부

다시 시작하기에
늦지 않은

나무의 여행

동산이 온통 낙엽으로 덮이는 메마른 계절이오면 낙엽은 마른 날개를 비벼 그 시절에 부를 수 있는 노래를 부르지. 초겨울 거대한 갈참나무 아래 앉아 있으면 나무의 노래와 모체로부터 분리된 낙엽의 노래가 들려와. 바람이 불면 낙엽들은 달리기를 시작하고 바람이 멈추면 달리던 모습 그대로 멈추어 서지. 작은 바람이 불어오면 낙엽들은 바람에 몸을 맡기고 달리는 연습을 하고. 바람의 계절에 거센 돌풍이 불어오면 몸을 맡기고 미지의 세계로의 모험을 시작해. 나무는 나뭇잎이 되어 달리고, 탐스럽게 익은 열매로 새들의 먹이가 되어 이동하지. 살아 움직이는 것들이 생명을 유지할 수 있게 양식이 되어 그들과 함께 여행을 떠나지. 나무는 그렇게 열매와 잎으로 먼 곳까지 여행을 하지. 나무는 해마다 가을이 오면 새 열매와 새잎을 준비해서 또다시 먼 여행을 떠나. 자연이 보내주는 그곳, 새로운 세상에서 모험을 시작하지. 혹한의 계절에도 붙박인 자리에서 뿌리를 깊이 내려 터득한 생존의 능력으로 잎이 되고 열매가 되어 여행을 떠나지.

나무 아래 서기 91x73cm_Oil on canvas_2021

꽃잎모아

네가 피어 올린 진홍색 꽃봉오리에서 꽃잎이 떨어지면

홀로 떨어진 꽃잎 고이 받아 네 옆에 모아 두리

가까이 다가가 내쉬는 숨결에 행여나 꽃잎이 날아갈까 봐

너를 만날 때는 사뿐히, 작고 고요한 숨으로 다가갈 게

정성스러운 마음에 보답하듯 피어 올린

붉은 꽃잎에 뿌려진 진주 가루 위로 햇살이 찾아오면

눈이 부시도록 화사하게 반짝이는구나

살아있는 것들에게 꽃잎 인사하는 이토록 아름다운 너를

나는 보내고 싶지 않아서

네가 떨어뜨린 마지막 꽃잎마저 모아둔다

오후가 되면 작은 창문에 찾아오는 한 점 햇살을 반기며 기뻐하던

너의 모습을 봄볕 아래서 기억하고 싶어서

빛이 가려져 붉은 진줏빛이 보이지 않는 날에도

네가 건넨 기쁨의 진홍빛을 다시 떠올려

비감한 삶에 희망으로 찾아온 너를 기억하며
살아있음에 감사하며 매일을 기뻐 맞는다
내 마음에서 피어난 한 송이 꽃 너를 기억하며

나를 뛰어넘는다는 것은

후회스러운 몇몇 일을 떠올리니 괜한 일을 시도했다는 생각이 들었다. 시간이 흘러 그 일을 다시 바라보니 그 일은 내가 더욱 성숙해지도록 교훈이 되어주었다. 조금 더 자라고 보니 후회와 자책으로 점철된 그 일들이 나의 밑거름이 되었음을 알게 되었다. 부끄러웠던 선택과 행동으로 인하여 내가 어떤 사람인지 알 수 있었다. 이제는 그런 나를 이해하며 부끄러워하지 않는다. 삶을 자라게 하고 사라지는 것들도 제법 편안한 시선으로 바라볼 수 있게 되었다. 겉은 여려 보이나 내면은 단단해졌다. 내 것이 아닌 것은 놓고 내 몫의 어려움은 이겨내며 살고 있다. 나를 알고 약점과 한계마저 사랑할 수 있다면 그것을 뛰어넘어 더 넓은 곳을 향해할 수 있을 것이다. 영원히 지속될 것 같은 분주함 속에서도 중심을 잡을 수 있다. 우리는 매일 당면하는 고통 가운데서 죽었다 살아나기를 반복한다. 작은 죽음이 삶에서 반복될 때 우리는 필요 이상으로 소유하고 있던 것들에 대한 미련을 떨쳐버릴 수 있게 된다. 얽매이게 하는 것들로부터 홀가분해질 수 있는 과정이기도 하다.

나를 뛰어넘기 위한 과정에서 먼저 찾아오는 것은 깊은 밤이다. 폭풍에 갇힌 것 같은 깊은 밤, 결론지을 수 없는 문제 앞에서 말은 퇴화해 버리고 만다. 언어는 침묵으로 변하고, 감정은 널을 뛰며 밑바닥으로 떨어진다. 애써 이겨내기 위해 한계선상 앞에서 보지만, 마음은 서늘하기만 하다. 속에서부터 뿜어져 나온 냉기에 내가 먼저 얼어버린다. 죽음이 친근하게 느껴진다. 구부러져 자라던 어미나무가 쓰러지면 어린나무와 곧은 나무도 위태해진다. 무너져 내리는 마음에 아무리 희망을 바르고 덧씌워도 하루를 버티기가 어렵다. 끝을 알 수 없어서 더 힘든 먹색의 고통에 희망의 마취제를 바르며 간신히 바로 선다.

이런 시기를 견디며 나의 역량을 알게 된다. 감당할 수 있는 일과 없는 일을 구분할 줄 아는 지각이 바로 선다. 뛰어넘는 과정에서 나를 지탱시켰던 아름다운 것들이 모두 무너지는 것 같지만, 더 견고해질 뿐이다. 더 고독한 시간이 지나고 나면 이제까지 살아온 삶의 방식에서 곁가지는 잘려 나가고 본질만 남게 된다. 그렇게 되면 더 이상 방황하지 않고 삶을 바로 서게 하는 본질을 따라 살 수 있게 된다.

통제 밖의 일을 만났을 때, 한 번도 겪어보지 못한 극한의 감정이 내 영혼 깊은 곳에 있는 안전한 성소를 손상시키는 것만 같았다. 그러나 극한의 감정을 오가며 나는 자유를 만났다. 너덜하게 찢어진 마음을 뛰어넘게 된 그 순간, 내 영혼은 다시금 부활했다. 무덤에 갇힌 것처럼 고립되고, 조금의 빛조차 기대할 수 없을 만큼 캄캄한 시간을 견뎌내고 마침내 다시 얻게 된 생의 기쁨이었다.

자신을 넘어서서 이룬 성숙은 견고하다. 나를 막아서는 제일 어려운 존재는 나 자신이다. 스스로를 넘어서면 더 높고 고귀한 뜻을 이루어 낼 수 있게 된다. 도저히 할 수 없을 것 같았던 일에 도전할 수 있는 용기도 생긴다. 극한을 넘어서면 절대 평안에 도달할 수 있게 된다. 힘들게 느껴지던 일들도 아무것도 아닌 것같이 작게 느껴진다. 역풍이 계속 불어와도 뒤집어질까 봐 두려워하지 않게 된다. 역동하는 생명이 사라진 메마른 곳은 우리가 머물 곳이 아니다. 주변을 둘러보면 해결되지 않는 문제가 많은 것 같지만, 그 문제를 극복하고 마침내 꿈을 이룬 이야기들이 더 많다. 그들의 살아있는 이야기들은 우리에게 도전정신과 큰 용기를 북돋워 준다.

내가 없는 집

    여기 자신의 일부분을 깊은 어둠 속에 묻어둔 어떤 사람이 있다. 유년은 그에게 부정되어 다채로운 색을 잃고, 그림자의 명도만이 더 짙어졌다. 성인이 된 후에도 다시 기억하고 싶지 않은 어릴 적 시간은 그에게서 지워진 채로 존재했다. 그는 자신의 자아가 얼마나 불안정한지 인지하지 못했다. 뿌리 깊이 존재하는 소화되지 않은 고통의 조각들은 작은 일에도 그의 마음을 들끓게 했다. 그러나 그는 자기 자신에 대해 모른 채 그냥 매사에 열심히만 살았다. 그를 둘러싼 환경과 관계에서 고스란히 느껴지는 스트레스가 언제나 그를 억압했지만, 그는 자신이 누구인지도 몰라서 사람과 사물이 그의 정신에 미치는 영향을 잘 인지하지 못했다. 이유를 알 수 없는 고통으로 늘 힘들었지만, 자녀를 키우기에도 벅차서 우선은 살고 보자는 마음으로 최선을 다했다. 삶에서 한 발이라도 삐끗하면 산산이 부서질까 봐 늘 긴장하며 일부러라도 과거는 떠올리지 않았다. 강박적으로 외면한 것은 아니었지만, 이미 지나간 시간인데 굳이 헤집어서 무엇하랴는 마음이었다. 외면하고 싶은 것들을 애써 생각하거나 말을 꺼낼 필요는 없었다. 자신을 굳건히 세워줄 이상적인 것들만 남겨두고 싶었다. 그는 자신이 얼마나 섬세한 사람인지 정말 까마득히 몰랐다. 그저 자신이 약한 줄로만 알았다. 마흔둘이 되었을 때에야 비로소 그는 자신의 문제를 인지하기 시작했다. 어느 시점까지는 불안정한 집이나마 그를 보호해 줄지도 모른다. 그러나 그 집은 이내 한순간에 무너지고 만다. 시련의 바람은 울타리를 부수고 애써 쌓아 올린 지지기반을 흩어놓는다. 그 집은 언젠가는 결국 무너질 집이었다. 생에 불어닥치는 비바람에도 무너지지 않는 집을 짓기 위해서는 감추어 두었던 것은 모두 무너져야 한다. 불완전하게 지어진 집 안에는 쉼도 없고 나조차도 없다.

무너진 잔해 속에는 나를 아프게 찌르는 날카로운 조각들이 섞여있다. 집은 기억하고 싶지 않은 과거와 녹록지 않은 현재의 혼합으로 지어져야 한다. 그렇게 지어진 집이라야 안전하고 무너지지 않는다. 내가 만족하며 쉴 수 있는 집은 나만이 지을 수 있다. 고통을 외면하면서 온전한 평안을 누릴 수 없고, 지나간 삶을 직면하지 않고 바로 설 수는 없다. 과거에 묻어둔 고통은 결코 사라지지 않고 불쑥 튀어나온 가시가 되어 나를 찌른다. 과거의 고통을 외면하면, 오랜 세월 동안 마음을 비틀어온 열등감의 존재를 알아채지 못하고 그저 사는 게 힘들다고만 생각하게 된다. 우리는 기억하고 싶지 않은 과거와 화해하지 않고는 지금을 살 수 없다.

기쁨도 슬픔도 내 일부로 받아들일 때 비로소 평안이 찾아온다. 새겨진 상처의 흔적이 고스란히 남아있어도 우리는 얼마든지 지금보다 더 나아질 수 있는 사람들이다. 이것을 알게 될 때 우리는 자라기 시작한다. 마음이 자라서 건강해지면 숨겨두기 급급했던 일들조차도 더 이상 수치스럽지 않게 될 것이다. 안으로만 파고들던 고통이 밖으로 드러날 때 그것은 생생한 이야기가 된다. 외면하고만 싶던 상처들이 말과 글이 되는 순간, 비로소 고통은 치유된다. 그 이야기는 때로 누군가의 구원이 될 것이다.

화해로 지은 집 안에는 상처로부터 회복된
자연스럽고 평안한 내가 있다.

당신이 떠나가도

죽음은 작별할 시간을 주지 않고 예고 없이 찾아옵니다.
드러난 듯 감추어진 죽음은 알 수 없는 시간에 속해 있습니다.
살붙이와 인사를 하지 못하고 급작스럽게 떠났어도
당신의 마지막을 배웅한 사람들은 무화되지 않고
아직 살아있습니다.
당신이 세상에서 떼어져 떠나가도 눈물만 훔칠 뿐 따라갈 수 없고
차가운 은빛 벽에 가로막힌 불의 세계로 등을 돌려 사라져도
우리는 잠시 휘청거릴 뿐 아무 슬픔 없는 듯 하루를 살아갑니다.

영원한 것과 사라질 것 사이에 있던 당신이
사랑하는 사람을 홀로 두고 갑자기 영원한 세계로 떠나버리면
우리는 말을 잃고 주조된 고요 속에서 지나온 삶을 바라봅니다.
여러 갈래로 나뉜 극한의 고통이 우리를 덮쳐올 때면
당신이 우리를 사랑했던 시간이 깊은 위로가 되어
무례하고 모순된 삶과 어떤 슬픔 앞에서도 삶을 선택하게 합니다.

당신이 떠나도 삶은

언제나 밝고 아름다운 곳으로 우리를 데려갑니다.

우리는 불완전한 세상에서 한결같은 생명의 따스함에 감싸여

당신과 함께한 아름다운 시절을 추억하며 남은 삶을 살아갑니다.

나뭇잎이 지고 소나무의 붉은 기둥이

선명한 적갈색으로 드러나는 계절

당신이 떠난 후에도 새 아침이 밝아오면

여전히 아침 동산에 오릅니다.

찬 서리에 떨어진 붉은 열매와

서로를 볼 수 없는 상사화의 그리움으로

두 팔을 벌려 찬바람을 맞으며 춤을 추고

여전히 푸르른 나무에게서 당신을 보고

당신의 생명과도 같았던 피붙이들을 챙기며

슬픔과 기쁨의 순간을 함께합니다.

당신이 떠나가도 발걸음을 멈추지 않고

다가오는 추위에 옷깃 여미며

당신의 온기를 걷어 가버린 차가운 하늘을 무대 삼아

떡갈나무 잎에 반사된 눈 부신 빛을 등지고

찬 바람 부는 저물녘에 춤을 춥니다.

모자를 쓴 초상 5   53x45.5cm_Oil on canvas_2021

매일 일어서는

방향을 전환하고 돌이켜 일어서려는 것들에게는 언제나 저항이 따른다. 나는 살아있으므로, 매일 나를 주저앉히는 것들에 저항한다. 우리가 겪는 대다수의 문제는 사실 아주 자연스러운 것들이다. 인생이라는 바다는 언제나 물결친다. 나의 삶에도 숱한 어려움들이 있었다. 숨도 쉴 수 없을 만큼 고통스러워 차라리 죽는 게 낫겠다고 생각했던 적도 있었다. 그러나 그럼에도 나는 살아서 매일의 삶을 생생하게 누린다.

한번 주저앉으면 다시 일어나지 못할 것 같은 일상으로부터 나는 매일 일어선다. 나의 힘이 아닌, 진리 안에서 깨달은 생명의 능력으로 일어선다. 희뿌연 하고 얼룩덜룩한 어둠 속에서 배운 통찰력은 내게 의연한 삶의 자세를 가르쳐주었다. 끝끝내 살아있으면 절망도 넘어설 수 있다고 가르쳐주었다. 어른이 된 지금도 나는 여전히 성장하며 나의 약함으로부터 일어서고 있다. 해결되지 않은 채 남아있는 문제로 인해 주저앉지 않는다. 나의 힘이 아닌, 진리 안에서 깨달은 생명의 능력으로 일어선다. 버릴 것은 과감하게 버리고, 꼭 필요한 것만 남겨 매일 주어지는 일상의 무게를 덜어내고 내가 수용할 수 있는 한계를 지정하여 사는 것이다. 두려움 앞에서 과장된 행동을 하지 않고, 어수선함 속에 삶을 방치시키지도 않는다. 꼭 필요한 것만 짊어지고 한 발짝씩 앞으로 걸어 나간다.

병든 신념을 뒷받침해 주는 열정으로 타오를 때가 있었다. 그때의 나는 사랑하는 이가 평안하지 못하면 덩달아 평안을 잃어버렸다. 상대를 위한다면서 사실은 내 마음 편하자고 일을 벌일 때도 많았다. 누군가를 나의 일부로 받아들이기 위해서는 사랑을 동반한 희생이 있어야만 했다. 미움을 짓부수고 몰인정으로부터 마음을 지켜내고, 사람을 귀하게 여기는 마음으로 온전한 사랑을 좇아 살아야 했다. 그렇게 나는 삶의 터전에서 경험한 사랑으로 매일 일어서는 법을 배웠다. 비슷한 문제 앞에서 반복적으로 흔들리며 다시 일어서는 법을.

한시적인 삶에서 일어나는 문제는 피할 수 없지만, 마음이 성장함으로 그 문제를 뛰어넘을 수는 있다. 맞지 않을 일은 시도하지 않는 분별력도 생긴다. 비슷하게 반복되는 일 가운데 터득되는 지혜가 있다. 이 하루하루 속에서, 오늘도 나는 한 조각의 의미와 교훈을 배운다.

인생에 쏟아지는 소나기를 홀로 맞던 때는 지났다. 그 비가 개인 후에 질척이는 길도 희망을 가지고 걷고 있다. 삶의 전환점마다 나를 기다리며 손을 잡아주는 변하지 않는 가치들이 여전히 내 곁에 있다.

주저앉고 싶을 때마다 영원한 사랑이 나를 붙들어
매일 일어서는 법을 가르쳐주었다.
누군가가 일어설 수 있도록 돕는 사람이 되라고.

무엇이 옳은지

내 안에 산재한 어둠에 돌풍이 불어온다.
이 어둠을
드러내랴 덮어두랴 잠잠케 하랴
무엇이 옳은지 알 수 없어라
좋게 되려고 마음 찌푸리는 거라고
낫기 위해 병마와 싸우는 거라고

목숨 빛 아름다운 고통이 무수히 피었다 진다.

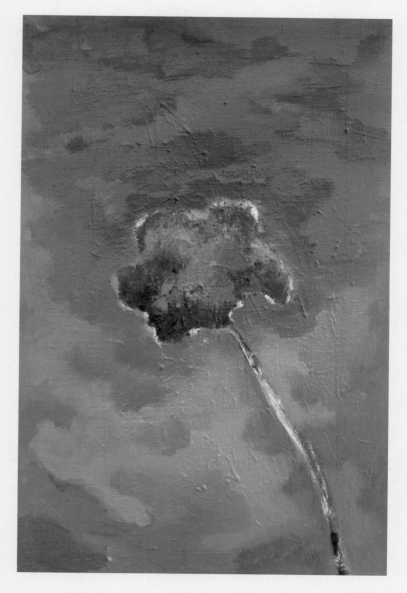

꽃　21x33.5cm_Oil on canvas_2021

바다

엄마 품이 그리운 세 살 아이의 그리움이 바다로 가서
엄마의 하늘과 아이의 땅을 잇는 물빛 사다리를 놓아요.
그립고 그리운 엄마가 보고 싶어 하늘을 올려다보지만
엄마는 보이지 않고 하늘호수에 비춰진 바다 위로
양털 구름 피어올라요.

꽃다운 나이에 천국 문을 두드린 이른 이별이 바다로 가서
그 무엇으로도 씻을 수 없는 슬픔을 바다에 풀어놓아요.
죽음 후에 찾아오는 날카로운 좌절이
반쪽인생마저 고통에 던져버리고는
가만두어도 낡아서 지워질 흔적을 애써 지우라 재촉하네요.

사랑하는 사람과 강제로 분리되어 생살이 찢기는 것 같은 고통과
병마에 목숨이 강탈당한 뒤에 남겨진 자의 절규는
짙푸른 노여움으로 넘실거려요.

쉬지 않고 밀려오는 그리움은
모래 위에 찍혀있는 미련을 지워버리며
끝끝내 살아내야 하는 삶의 터전에 상실로 너울지며 밀려들어요.

스스로 별이 되려 했던 한 사람의 슬픔은 파도 소리가 되고
불멸의 진리는 그의 가슴에 한 그루의 소망을 심어놓아요.
소망은 끝끝내 살아가야 할 한 사람을 삶으로 밀어 올리며
그럼에도 고통을 딛고 일어나 의연하게 살라 하지요.
죽음은 늘 가까이에 있으니 슬픔의 바다를 건너
삶으로 돌아가 다시 사는 부활이 되라하지요.

빛의 성실함

홀홀히 순차적으로 가지와 분리되는 꽃잎을 한 번에 거두어 작은 꽃동산을 만들었다. 꽃동산을 이룬 꽃들이 마르고 그 빛이 퇴색되기까지 며칠을 두고 보다가 텃밭에 뿌려준다. 잇따라 흔들리며 꽃이 져도 잎은 아직 선명하게 푸르러 화병의 물을 갈아서 다시 꽂아둔다. 꽃이 지면 잎과 줄기는 잠깐의 휴식에 들어간다. 뿌리는 꽃의 생장이 다 할 때까지 그 푸르름을 지탱시켜준다. 꽃이 지며 남겨놓은 다홍빛 잔영은 푸른 잎에 오랫동안 머물러 있다. 그 고운 빛이 내 눈가에도 아른거리며 남아있다. 홍자색으로 이루어진 꽃물 결은 일상에 잔잔한 기쁨으로 윤기를 더해준다.

겨울 담장 밑에는 덩굴식물이 산다. 눈을 뒤집어쓰고 얼어 있는 단풍잎 모양을 닮은 작은 이파리를 손에 쥐면 바스러질 것 같다. 줄기와 잎이 얼어있는 동안 잠깐 추위가 풀려 햇살이 언 잎을 녹이면, 죽은 것 같았던 거칠고 짙푸른 초록 잎이 다시 살아난다. 얼어있던 이파리는 녹으면서 꼿꼿하게 다시 일어나 초록 잎을 세운다.

한겨울에도 살아있는 아이비 덩굴을 볼 때마다 안쓰럽기도 하고 질긴 생명력에 감탄하기도 한다.

화요일이면 동네 공터에 장이 선다. 내가 제일 먼저 들르는 곳은 공원 옆에서 열리는 꽃시장이다. 꽃을 좋아하는 나는 채소를 사러 가기보다 꽃을 보기 위해 장에 간다. 꽃 주위를 빙빙 돌면서 한참을 구경한다. 빨간색과 초록색 슬릿 화분에 심겨있는 히아신스 두 개와 향기가 진한 겹꽃 향수선화를 데리고 집으로 온다. 연노랑색 수선화와 히아신스를 햇볕이 가장 오래 머무는 창문의 중간 위치에 놓아두었다. 따스한 햇볕을 쬐어주려고 고방 유리문을 열고 투명한 창문으로 들어오는 햇살을 기다린다. 아직은 초록색인 꽃봉오리가 햇빛 아래서 짙은 보라색으로 발색 되기를. 분홍빛을 머금은 다홍색깔 히아신스 꽃잎도 햇빛을 받아 색이 깨어나기를 기다린다. 삼월이 채 시작되지 않았지만, 벌써 봄이 온 것 같아 투명한 창문을 마저 열고 오후의 따사로운 봄바람을 쐰다. 봄바람이 불어와 집안에서 겨울을 보낸 식물들에게 머잖아 봄이 올 거라고 알려주는 것 같다.

매일 찾아오는 빛은 결코 단조롭지 않다. 빛이 들어오는 밝은 창가에 서면 익숙한 슬픔도 무효하다. 가장 환하게 들어오는 빛은 내면을 비추고 깊숙한 구석의 어둠을 밝힌다. 따스한 빛을 만나면 움츠러든 마음이 부드럽게 펴지고 헛된 생각이 들어설 그늘이 없어진다. 매일 같은 장소에 찾아오는 빛의 성실함은 공간에 잔존해 있는 침체된 것들에 생기를 더해준다. 유화기름 병에 내려앉은 햇살이 화가의 작업실에 반사되어 감격스러운 광경을 만들어내고 공간 전체를 휘돌아 그림 위에 사뿐히 내려앉았다. 오후 햇살은 작업실 창가에 놓인 레인보우 마지나타의 가늘게 위로 뻗은 잎에도 내려와 오색찬란한 빛을 반사시킨다.

빛은 매일 일상에 찾아와
아름다운 것들을 드러내고 소중한 것들을 일깨운다.

사랑을 맛보았더라면

어느 날 보석이 일방적으로 내 품에 안겨 왔습니다. 보석이 내게로 안겨든 날 나는 꿈을 꾸는 것 같았습니다. 그 보석을 품에 안고 삶의 여정 속으로 들어가 먼저 사랑을 시작했습니다. 그러자 나의 아픔이 커져갔습니다. 사랑과 아픔을 경험한 만큼 다른 사람들을 이해할 수 있게 되었습니다. 그의 아픔이 나의 아픔인 듯 눈물을 흘릴 수 있었고 사람들의 고통이 나의 고통이 되었습니다. 부족한 것이 많은 삶이었지만, 보석을 가슴에 안고 숨을 쉬니 어느 것 하나 아쉬울 게 없었습니다. 기쁨과 슬픔이 섬세한 손길로 내 영혼을 흔들어 깨웠습니다. 감격과 고뇌라는 두 길이 평행선처럼 끝도 없이 이어지는 시간이었습니다. 그 길을 울며 걷고는 했습니다. 잠들면 다시는 눈을 뜨고 싶지 않았습니다.

내 안에서 자라난 보석이 일상 가운데 크고 작은 빛을 비추기 시작했습니다. 나의 매일은 작은 빛으로 빛났지만, 그 빛은 나로부터 나오는 빛이 아니었습니다. 바깥에서 내게로 비춰오는 빛이었습니다. 나를 찾아온 영롱한 빛은 삶을 맑게 밝혀주었습니다. 빛과 같이 걷는 길은 어려웠지만, 점점 고유한 내가 되어갔습니다. 보석을 지니고 살아도 죽음은 늘 가까이에 있었고, 눈을 뜨면 그 고통이 어김없이 곁에 있었습니다. 빛과 어둠의 간극이 너무 커서 비틀거리며 넘어질 때도 있었습니다. 그러나 매일 채워지는 새 힘으로 다시 일어나 자발적으로 선택한 사랑의 길을 걸어갔습니다.

보석을 품고 살았음에도 끝이 없을 것 같은 절망이 찾아오면 죽음을 생각하곤 했습니다. 이제 나는 그 시간을 통해 다른 이들의 깊은 절망을 헤아립니다. 이제야 그 끝에 선 사람들의 마음을 조금 알 듯합니다. 죽음을 갈망하는 사람들의 절망과 그들을 점령한 두려움이 얼마나 가혹한가를. 죽으면 모든 고통이 끝나리라는 생각으로 도피하는 그 마음을 이제 조금은 알 것도 같습니다. 그러나, 아무리 괴롭고 힘들어도 끝끝내 살았으면 좋겠습니다.

죽음은 때에 맞춰 조용히 우리를 찾아옵니다. 고귀한 생명이 끝나는 시간은 일생이 완성되는 시간입니다. 희망에 기대어 살아낸 뒤에 죽음은 따스하고 안정된 노을빛으로 우리의 마지막을 비춰줄 것입니다. 생의 끝은 놓여진 곳에서 나 자신으로 살아낸 뒤에 맞이하는 축제입니다. 끝끝내 살고 또 살아낸 삶을 내려놓고 평안의 품에 안기는 것이 죽음입니다. 존엄한 생으로 태어나 고귀하게 살다가 영원한 생명의 나라로 옮겨지는 것, 그것이 죽음입니다.

스스로의 생을 허공에 던지기 전에 보석을 만났더라면 얼마나 좋았을까요. 절대 사랑을 맛보아 알았더라면, 생명으로 충만해져 곧 춤추며 노래할 수 있었을 것입니다. 떠나야 할 시간이 오면 순리대로 영원한 쉼을 향해 나아가게 될 것입니다.

죽음은 끝이 아니라 살아낸 삶을 가지고
영원으로 옮겨지는 것.
서두를 필요 없는 죽음은
영원한 나라로 옮겨지는 관문일 뿐입니다.

살기로 선택한 사람들

마음의 병을 앓고 있는 사람들이 점점 늘어난다. 우리는 우울과 불안이 내면에 쌓이는 시대에 살고 있다. 실체 없는 불안이 찾아오면 한 걸음도 앞으로 나가지 못한다. 우리는 어느 때라도 나아가기 위해 태어난 사람들이다. 결코 뒷걸음질 치기 위해 태어나지 않았다.

요즈음 마음의 고통을 이기지 못해 너무 일찍 생을 마감하는 사람들이 많아지고 있다. 먼저 떠나는 사람들의 모습을 보면 말로다 할 수 없을 정도로 안타깝다. 어떤 상황에서도 살고자 하는 의지가 있으면 삶이 공급해주는 무한한 생명력이 역경을 딛고 일어설힘이 되어준다. 그래서 나는 죽고 싶을 만큼 힘들었을 때 살기를 선택한 용기 있는 사람들에게 진심으로 감사한다. TV를 시청할 때마다 죽음의 순간에 삶을 선택한 주인공들을 향해 "살아있어 줘서 고마워요."라며 혼잣말을 하곤 한다. 진심으로 그들의 삶을 응원한다. 용기 있는 이들의 삶을 보고 더 많은 사람이 힘들어도 살기로 선택했으면 좋겠다. 이기적이어도 좋고 가족을 외면해도 좋으니 우선 살았으면 좋겠다. 살아있는 한 관계가 다시 이어질 기회가 있기 때문이다.

살기로 선택한 이들의 삶을 응원한다.
살도록 살아서 언젠가 또 얼굴을 마주하기를.

살아야할 분명한 이유

생각의 무게만큼 쌓인 책을 비우고 새로운 것으로 채우려 한다. 정해진 자리에 덩그러니 놓여 먼지만 쌓여있는 책들을 떠나보내기로 했다. 이제까지 모아온 책을 필요한 사람들에게 보낸다. 서너 권을 주기도 하고 몇십 권을 주기도 한다. 아직 남아있는 책도 읽어야 할 사람에게 보낼 것이다. 책을 정리한 후에 소장하고 싶은 몇 권만 책상 왼편 책꽂이에 정리해 두었다. 손을 뻗으면 꺼내 볼 수 있는 위치에 책등이 비슷한 색상의 계열로 정리했다. 그런 다음 내가 존경하는 작가들의 책 사이에 나의 첫 번째 책 "소중한 것들이 가만가만 말을 건다"를 꽂았다. 인품이 다듬어지고 읽고 쓰는 일을 멈추지 않는다면 나도 언젠가는 그들처럼 영향력 있는 작가가 될 수 있을까. 나의 첫 번째 책도 어디선가 목적을 다하고 있으리라 믿는다. 나는 책 읽기와 글쓰기를 통해 살아야 할 이유를 찾았다. 나의 책도 누군가에게 의미 있는 선물이 되기를 바란다.

새로운 아침이 밝아오면 언제나처럼 읽기와 쓰기를 반복한다.

글을 통해 사람의 고통을 위로하고 상처를 치유해주고 싶다. 좋은 글을 읽고 마음과 생각이 치유된 사람들이 자신의 고유함을 발견하여 행복하게 살면 좋겠다. 나는 이런 소망을 품고 글을 쓴다. 목적이 있는 나의 글쓰기는 내게도 살아야 할 분명한 이유가 된다. 살다 보면 일상이 송두리째 어둠 속으로 빨려 들어가는 예기치 못한 돌풍에 휩싸인다. 잔혹하고 낯선 바람이 몰고 오는 고통은 매번 두렵기만 하다. 절망의 물결은 우리가 살아있는 동안 한시도 쉬는 일이 없다. 그러나 그 큰 물결은 우리를 삼키지 못한다. 아무리 큰 고통과 절망도 우리를 죽음에 넘길 수 없다.

내게도 영혼이 아팠던 시절이 있었다. 그러나 그때도 죽어야 할 이유보다 살아야 할 이유가 더 분명했다. 살기 위해 내린 뿌리에 고통이 얽혀들어도, 어려움은 우리를 더 강하게 할 뿐 쓰러뜨리지 못한다. 살아있는 한 우린 점점 더 강해진다. 각자의 삶을 잘 살아낼 수 있는 능력을 갖고 태어난 우리 곁에는 매일 새 힘을 공급해주시는 하나님이 함께하신다. 우리에게는 분명히 살아야 할 이유가 있다. 삶은 누구에게나 힘들다. 무슨 일이 일어날지 알 수 없고, 사랑하는 사람들을 잃어버릴까 불안하다. 이처럼 모호한 것들에 둘러싸인 세상이지만 한 가지 확실한 것이 있다. 우리의 삶이 끝날 때까지 하나님의 사랑 안에서 필요를 공급받는다는 사실이다. 우리가 넘지 못하는 한계 앞에서 하나님은 서서 기다리신다.

한번 태어난 생은 영원히 존속된다. 현재 살아가는 중이든지 죽음으로 옮겨졌든지, 살아낸 삶은 영원으로 이어진다. 아직 끝이 오지 않았으므로 우리에게는 여전히 삶을 고귀하게 살아낼 수 있는 기회가 있다. 해결할 수 없는 고통이 절망이라는 이름으로 반복되어도 우리는 앞으로 나갈 수 있다. 살아있는 동안에는 힘써 살아야 하는 분명한 이유만이 있을 뿐이다. 아무리 고통스러워도 죽어야 할 이유는 없으니 살도록 살자.

살아야 할 의미를 부여해주는 꿈.
그 꿈을 이루기 위한 분투는
나를 살리고 다른 사람을 살게 하는 희망이 된다.

달이 있는 초상   53x41cm_Oil on canvas_2022

쓰기 예찬

글을 쓰지 못한 시간이 한 달이 되어간다. 이 시간이 길어지면 그 공백은 두려움으로 채워진다. 이 시간이 길어질수록 자신감은 떨어지고, 두려움은 커진다. 더 지체할 수 없어서 무엇이라도 남기려고 자리에 앉아 컴퓨터를 켠다.

글을 쓰기 전, 책상 위에 줄지어 늘어선 필기구를 한 주먹 집어 연필꽂이에 꽂는다. 면천을 가늘게 잘라서 손뜨개질로 뜬 연필통은 몸이 유연하여 필기구의 용량만큼 몸집이 늘어난다. 필기구들은 연필꽂이 안에서 제자리를 잡는다. 세상에 단 하나뿐인 부드럽고 유연한 이 연필통은 둘째 언니가 손뜨개로 촘촘하게 떠서 준 것으로, 더할 나위 없이 내 마음에 쏙 든다. 언니가 보고 싶을 때면 연필통의 부드러운 촉감을 손으로 느끼며 그 이름을 부른다. 그렇게 어루만지고 나면 언니가 더 보고 싶어진다.

글을 쓰지 않는다고 누가 뭐라 하는 사람도 없는데, 왜 쓰지 않으면 쫓기듯이 마음이 불안해지는 걸까. 아마도 글을 쓰는 일을 통해 살아있음을 느끼며 본연의 내 모습으로 존재할 수 있기 때문일 것이다. 첫 번째 책을 출간하고 나서 글을 쓰는 목적이 더욱 확고해졌다. 이 일이 중압감으로 다가올 때도 있지만, 쓰거나 읽을 때에야 비로소 내 삶은 안정된다.

글을 쓰는 일은 고통에 의미를 부여해준다. 글을 통과해 지나간 고통은 유익한 것이 된다. 마음에 평안을 되찾아주고, 무엇이든 해낼 수 있을 것 같은 자신감도 준다. 이슥한 밤의 어둠을 벗겨내어 서로에게 다가갈 수 있게 스스러운 거리를 좁혀 준다. 글을 쓰면 가까운 사람들과의 사이에서 들려오는 불협화음을 담담히 들을 수 있는 여유도 생긴다. 나는 평소에 생각이 많고, 사소한 일에도 큰 감동을 받는다. 나의 이런 기질이 글쓰기에 좋은 재료가 되어주리라 믿는다. 내게 독서와 글쓰기는 좁아진 마음을 넓혀주고 웃음을 되찾아주는 최고의 놀이다. 내 삶의 귀한 가치와 균형을 바로 세워 준다.

연대하기 위해 분리되는

흰옷을 입고 내 곁으로 온 일상 속의 친구. 얼마 쓰지도 못하고 고장 난 시디플레이어를 버리려니 아까워서 라디오로 쓰고 있다. 정면을 바라보는 스피커는 마치 동그랗게 뜬 두 눈 같다. 흐려지지 않는 선명한 눈. 라디오에서 나오는 클래식 FM은 나의 글 친구다. 쉼 없이 글을 쓸 때 온종일 음악을 선곡하여 들려주는 좋은 친구다. 서재에 들어서면 라디오를 먼저 켜고 따스한 빛의 은은한 조명을 차례대로 켠다. 북쪽에 위치한 나의 서재는 햇빛이 잘 들지 않는다. 그래도 나만의 공간인 이곳은 책을 읽고 글을 쓰기에 최적의 장소다. 번잡스러운 일상의 일들을 서둘러 끝내고 나는 서재로 돌아온다. 행복한 분리의 시간이다. 이 시간 동안 나는 더 깊은 연대를 위해 혼자가 된다.

가까운 사람일수록 그를 독립된 개체로 대하기 위해서는 서로의 생각과 감정을 분리시켜야 한다. 그래야만 누구를 대하든 치우치지 않고 객관적으로 바라볼 수 있게 된다. 가족은 물론 타인을 대할 때도 정서적으로 지나치게 연결되는 것을 경계한다. 선을 넘어가면 내 마음의 평안까지도 깨지기 때문이다. 생각이 유연한 사람과 연대하면 이미 낡아서 쓸모 없어진 고정관념을 깨트리기가 쉬워지고, 심리적 거리를 두고 서로를 분리시키면 가까운 관계에서도 지나친 감정 소모를 피할 수 있다. 이렇게 가까운 사람과의 관계에서 부정적인 감정의 한계를 정하게 되면, 불필요한 갈등은 피하면서 유연하게 관계를 유지할 수 있게 된다.

　필연적으로 돌봐야 하는 사람들의 필요를 채워주느라 한 달 남짓 서재에 들어오지 못했다. 지속적으로 돌봐야지만 유지되고 보존되는 것들에 힘을 쏟다 보면 창조적인 일에 쓸 에너지는 고갈된다. 오롯이 나로 존재할 수 있는 독립된 공간에 머물지 못하면 마음은 점점 공허해진다. 나를 나답게 하는 것들은 언제나 창조의 시간 속에서 생성되어 새로운 세계로 나를 이끌어간다. 때때로 익숙한 것들로부터 분리되어야 할 필요가 있다. 가족으로부터 분리되어 오롯이 나 자신으로 존재해야 하는 때도 있다. 고독은 숨결처럼 내 고유한 영역에 찾아와 자신으로 살아가라고 나를 깨운다. 우리는 각자를 독립적으로 잘 세워야 함께 있어도 행복할 수 있다. 함께 살아가면서도 홀로 있을 수 있는 자신만의 공간이 우리 모두에게 필요하다.

꿈이 나를 삶의 중심에서 살게 한다. 내게는 사람들에게 꿈을 심어주고, 고통에 처한 사람들을 글을 통해 위로해주고 싶은 꿈이 있다. 나의 글이 작은 희망이 되어 죽고 싶은 사람들의 마음에 따뜻한 불씨를 피워올렸으면 좋겠다. 아무리 절망스러운 상황에 있어도 끝까지 살게 하는 희망이 되었으면. 나 역시도 삶의 긴 어려움이 희망을 삼켜버려 아침이 오면 몸을 일으키고 싶지 않을 때가 있었다. 그때 내 마음은 햇빛이 차단된 음침한 곳에서 아무 희망 없이 혼자 있는 것 같았다. 그럴 때면 무엇도 생각하지 않고 오늘 내가 살아있다는 것만 생각했다. 아직 살아있으니 이 생을 고귀하게 살다 가리라 다짐했다. 내게도 쉬이 해결되지 않는 오랜 고통이 있다. 그럼에도 죽음 앞에서 후회하고 싶지 않아서 관계를 단순화 시켜 내가 하고 싶은 일에 집중한다. 깊은 사유를 멈추지 않고 글쓰기를 지속하기 위해 때로는 현실과 거리를 둔다. 읽기만 하고 글을 쓰지 않으면 내면에서부터 글을 쓰라는 재촉하는 소리가 들려온다.

깨어 있는 사람에게는 결코 무뎌지지 않는 가치들이 있다. 일상에 묻혀 사라져서는 안 되는 자신만의 고유한 일이 있다. 그 일을 충실하게 행하지 않고서 진심으로 행복한 삶을 누릴 수 없다. 어떤 상황에 있어도 꽃피우라고 부여받은 재능을 무익한 일과 바꾸어서는 안 된다. 그만둬서도 안 되고 흔들려도 돌아와 다시 시작해야 한다. 살아있을 때 굳은 의지로 반드시 이루어내야만 하는 사명을 완성하기 위해 꿈과 흐놀아야 한다. 심장을 두드리는 삶을 보전해야 하고 무뎌지는 삶을 경계해야 한다. 눈감는 그 순간까지 화락한 자신으로 존재해야 한다. 자신과의 연대를 위해 때로는 가족과도 분리된 시간을 가져야 하고 올곧은 길에서 벗어나지 않기 위해서 마음의 소리를 들어야 한다.

평안히 떠나기 위해서는
고유한 나로 맺음 되어야 한다.

오롯이 나로

잃어버렸던 나를 찾았어. 너도 너를 찾았니? 내가 오롯이 나로 존재하듯이 너도 너로 존재하면 좋겠어. 알맞은 옷을 입고 고유한 자신으로 살 수 있어서 난 지금 행복해. 평생토록 자원해서 하고 싶은, 누구도 강요하거나 강제할 수 없는 나의 일을 찾았어. 너도 너의 일을 찾았니? 방황하는 너를 바라보며 흘린 그분의 눈물을 닦아주고 그분의 영광이 되는 그 일 말이야.

잃어버렸던 나를 찾고 나니 사춘기 때 헤어졌던 글이 다시 나를 찾아왔어. 이후로부터 멈추지 않고 글을 쓰고 있어. 글을 쓰다 보면 고통스러운 시간이 다시 떠올라 꼭 금방 일어난 일처럼 느껴져서 피하고 싶기도 했어. 나는 고통과 기쁨이 같은 무게로 존재하는 글을 쓰고 싶어. 매 순간 나를 나답게 살게 해주는 글쓰기를 잠시 멈춘 적도 있었고 영영 그만두려고도 했었어. 터져 나오려는 글을 그렇게 내 속에 가두어 놓았었지. 그러나 아무리 외면해도 글은 나로부터 돌아서지 않았어. 다시 글을 쓰기까지 몇 달이 훌쩍 날아가 버렸어. 아들이 군대 가서 집을 떠나 있을 때는 한 글자도 쓸 수 없었지. 제대하고 돌아와 복학하자 글이 다시 써지기 시작했어. 불안에 잠식당해 글이 질식된 것 같은 시간이었어.

살아있는 동안 나는 글을 쓸 거야. 하루 내 꾹 참았던 울음이 자정을 넘어 터져 나와서 통곡하며 울었던 그 모든 순간이 글이 되겠지. 깊은 상처가 회복되어가는 이 모든 과정이 글이 될 거야. 그 글을 읽는 사람들에게 살아갈 용기와 힘이 되어주기를 바라. 두 달쯤 멈추었던 삶의 발자취를 써 내려가며 내가 다시 살아난 것처럼.

푸른 하늘과 햇살이 맞닿은 화사한 곳에 보랏빛 꽃 기둥이 있어. 그런 계절에는 알람을 맞추지 않아도 저절로 눈이 떠지더라. 자리에 앉아 책을 읽노라면 어느샌가 주변에 책의 탑이 높게 쌓여있어. 영혼으로 교감하며 읽어 내려간 위대한 작가들의 삶이 내 글에도 깊이를 더해줄 거야. 한자리에 서 있는 나무처럼 하루 종일 책에 뿌리내리고 있는 날엔 얼마나 행복한지 몰라. 그때 내 마음은 평온한 기쁨으로 충만해져.

오롯이 나로 존재하면 모든 게 만족스러워. 두려움이나 불안조차도 잠시 스치고 지나갈 뿐이지. 지금 살아있다는 이유만으로 삶은 얼마나 감사하고 마냥 좋은지. 맹수처럼 갈기를 부풀려 위협할 필요도 없고 감당할 수 없는 속도로 뛰다가 넘어질 일도 없지. 소싯적 슬픈 결별이 어른이 된 지금도 나를 흔들어 휘감으려 해. 그러면 나는 그 무엇에도 훼손되지 않는 불멸의 사랑을 의지하지. 고뇌하는 자들이 깨어있는 깊은 밤. 나는 세상에서 가장 따뜻한 색감의 등을 밝히고 글을 써. 밤이 깊어가도록 특별할 것도 없는 나의 이야기를.

모자를 쓴 초상 22x22cm_Oil on canvas_2021

은휘한 시간

숨기고 싶은 것들 위에 은총이 내려오니
착색되었던 어둠이 벗겨진다.
깊숙한 곳에 숨겨야 했던 비밀들이
스스로를 드러내며 빛으로 올라오고
기억 저편에 갈앉혀 잊고 싶은 기억들이
지상으로 올라와 숨을 쉰다.
꺼리어 감추어진 시간은 발색 되어 생의 한가운데로 옮겨져
감추어야 할 비밀과 숨겨야 할 수치는 이제 없으리
은휘한 시간은 빛 가까이에 머물기 위해 낮아지는 시간이었으니

길고 긴 회청빛의 시간을 지나
정오의 빛 앞에서 전 존재로 깨어나
자신으로서 존재하며 느리지만
꾸준한 걸음으로 흔들림 없이 걷는 너
여전히 사랑받고 있으니 힘들다고 눈물짓지 마

본능과 이성의 경계에서,
삶과 죽음의 경계에서,
빛과 어둠의 경계에서
너는 다시 태어났으니 이전과는 다른 삶으로 춤추며 살아

봄바람을 타고 훌훌 내리는 꽃잎을
두 손으로 받아 머리에 올려놓고
기쁨으로 웃음 짓던 행복한 시절의 마음으로 발걸음을 옮겨
분분한 시간의 애통을 지나 여기까지 왔으니 이제는 기쁨이 되고
거절되어 숨겨진 시간을 지나왔으니 환대와 포용이 되어
내일에 대한 기대와 소망으로 노래하면서 앞으로 다가올
삶의 쓰라림과 한계 앞에서도 제한이 없는 사랑이 되어 살아
난해한 삶의 순간을 은총으로 헤쳐 나왔으니
고통도 삶의 일부로 받아들여 남은 인생
평안의 빛 가운데서 찬란하게

진지함으로 걸으라

흐르는 생명에 나를 맡기면 어디로 도착하든지 도착한 그곳엔 나를 기다려온 것들이 있다. 손을 잡고 같이 가야 하는 아직 약한 것들이 있다. 다시 뛰지 못할 것 같은 순간에도 내일은 즐겨 부르는 노래의 후렴처럼 멈추지 않고 찾아온다. 반복되는 삶은 유한한 생이 영원히 지속될 것 같은 착각에 빠지게 한다.

삶으로 지어 부른 노래는 결코 가볍지 않다. 고단한 길에서 내딛는 한걸음에는 깊은 의미가 담겨있다. 그 길로 들어서면 자기가 확신한 일은 믿어도 된다. 성실히 그 길을 걷다 보면 삶에서 변하지 않는 가치를 발견할 수 있을 것이다. 그것을 발견할 수만 있다면 삶의 빛깔은 점점 더 고아해질 것이다.

진실한 글과 진지한 이야기는 설득력이 있다. 이야기가 열어 놓은 길을 따라 느릿하게 걷다 보면 그 끝에서 나를 만난다. 그렇게 되찾은 나는 비로소 내 영혼의 동반자가 되고, 중심을 거쳐간 고통과 사랑을 통해 얻은 깨달음은 진정한 내 것이 된다. 그 깨달음은 영혼으로 스며들어 나의 생각과 태도와 행동을 변화시킨다. 진지한 삶에서 온 진중한 깨달음만이 나와 가까운 사람들의 파편화된 마음을 도탑게 하고 불협화음에도 화평에 머물 수 있게 한다. 이렇게 살면 어수선한 것들은 정리되고 감사나운 것들의 힘이 약해지고 자기중심적인 것들은 설 자리를 잃는다.

진중하게 걷는 길은 도중에 사라지지 않고
진실 된 사람들의 마음처럼 언제나 그 자리에 있다.

초록의 위로

이해가 되지 않아요. 납득할 수도 없죠. 받아들이기는 더더욱 어려워요. 왜 유독 내게만 모질게 구느냐고 물을 틀어놓고 소리를 감춰 따져 묻기도 해요. 돌아보면 고통에서 면제된 적이 없는 것 같아 보여요. 오늘은 유독 더 힘든 날이어서 그렇게 느껴지나 봐요. 쉴 새 없이 밀려오는 고통 가운데서도 잘 되려고 힘든가 보다 생각하며 살아왔어요. 주어진 삶 값지게 살다가 후회 없이 죽고 싶어요. 부끄럽지 않게 살다가 해야 할 일 다 마치고 평안하게 떠나고 싶어요. 오롯이 나로 살다가 때가 됐을 때 삶을 두고 가고 싶어요. 나의 소망은 나 한 사람만을 위한 일이 아니므로 도중에 그만둘 수는 없어요. 나를 사랑하는 하나님은 나를 살게 하는 그 일로 다른 사람도 살게 하니까요. 그래서 나는 끝까지 기쁜 발걸음으로 앞으로 나아갈 거예요.

오늘은 슬프지만, 내일은 기쁠 거예요. 새 아침을 맞이하는 나를 반겨주는 햇살과 한 줌 향기가 아직 따뜻하고 향기로우니, 그거면 돼요. 내일은 작은 화분 안에서 망울을 터트린 꽃을 보러 갈 거예요. 정오도 되기 전에 뛰어가 이름을 아는 꽃들과 이름은 모르지만 친근한 봄꽃을 오래 바라보고 돌아올 거예요. 창가에 마련된 작은 정원에서 자라는 솜털이 보송보송한 제라늄의 어린잎은 하루 종일 봐도 또 보고 싶어요. 빨간 동백 꽃봉오리가 겹겹의 꽃잎을 펴지 못하고 가지에 매달려 있어요. 활짝 피지 못해 못내 아쉬운 동백 꽃잎도 선물로 보낸 그곳에서는 햇살 아래서 붉게 피어날 거예요.

감정이 한계 밖으로 넘어가 경계를 정해줘야 하는 저녁에는 생각을 멈추려고 꽃 가까이로 달려가 한참을 그 곁에 있어요. 꽃과 같이 있으면 꽃만 생각하게 돼요. 보드라운 꽃잎의 촉감은 손끝에 매달리고 꽃향기는 코끝에 머물러요. 솜털이 보송보송한 제라늄 잎에서 풍기는 특유의 향이 좋아요. 고통이 끝도 없이 세력을 뻗칠 때면 오직 초록의 무한한 위로만이 그것을 어루만져 줘요. 모호한 시간이 계속되는 날엔 기도하는 일조차 고통스러워요. 음악도, 책도, 그 어떤 사람도 이 고통에서 나를 건져낼 수 없어요. 이럴 때는 무성한 초록 잎을 하염없이 바라보며 생각을 멈추는 게 최고의 처방이에요. 생명을 품은 초록 잎새를 바라보고 있으면 어느새 내 마음은 평안으로 가득 차죠. 잎사귀의 광채와 손끝에 남아있는 부드러운 꽃잎의 촉감이 나와 함께 있으니 그거면 돼요.

마음이 회복되면 무거웠던 것들도 가벼워지고 흐릿한 미래도 두렵지 않아요. 넘어질 때마다 수없이 다시 일어나 여기까지 왔으니 나는 두렵지 않아요. 무엇으로도 감정을 덜어낼 수 없는 날에는 그냥 꽃 옆을 서성이다 잠이 들어요. 그렇게 아침을 맞이하면 내 마음은 다시 밝아져요. 나는 이렇게 살아왔어요. 매일 주어지는 회복의 은혜와 한없이 주어지는 초록의 위로에 기대어.

푸르지 않아도

식물의 살점 같은 푸른 잎이 모두 떨어져 가지 끝에서부터 생기가 빠져나간다. 거무죽죽하게 빛깔이 변한 가지는 죽은 것 같다. 푸석한 나뭇잎을 힘을 뺀 손으로 살짝 쥐고 훑는다. 그 아래로 넓적한 나뭇잎들이 우수수 쌓인다. 생명이 빠져나간 자리에 붙어있던 껍질이 딱딱한 비늘처럼 벗겨진다. 이파리가 모두 떨어진 나무는 살았는지 죽었는지 알 수 없다. 가지 끝을 조금 꺾어 보았는데 초록빛이 도는 것을 보니 아직 죽지는 않은 것 같다. 나는 나무를 보며 나직이 말한다. "푸르지 않아도 괜찮으니 살아 있어 줘." 빛이 들지 않는 서재에 추위를 피하라고 옮겨놓은 덴드롱이 죽을까 봐 말을 건다. 죽지 말고 살아서 봄볕을 맞으러 가자고.

살아있는 것들을 생명을 유지하기 위해 에너지를 모은다. 살아남는 일에만 온 힘을 쏟아도 살아남을지 알 수 없는 시기에는 더욱 그렇다. 한 점의 빛도 들어오지 않는 한 평 반 주방에 모여 있는 화초들의 겨울나기. 식물이나 사람이나 살아내는 일은 모두에게 힘겹다. 볕살 한 조각 내려쬐지 않는 어두컴컴한 곳에 있어도 나무는 살아있다. 나뭇잎을 돌볼 여력이 없는 혹한의 겨울에도 뿌리만은 살아있다. 초록 날개가 모두 떨어져 푸르지 않아도 뿌리는 살기 위해 어둠을 견딘다. 흰 꽃이 무리 지어 피는 은잔화 옆에서 피어나던 덴드롱이 환경이 바뀌자 봄부터 키워온 커다란 잎을 며칠 새 모두 떨어뜨렸다. 볼품없이 비비 꼬인 덩굴만이 자리를 지키고 있다. 죽은 가지는 잘라내고 물을 주며 다시 왕성하게 뻗어나갈 계절을 기다린다. 마당에서는 그토록 푸르렀던 안스리움이 집으로 들어오자 잎이 샛노랗게 물들더니 모두 떨어졌다. 누가 봐도 죽은 모습이다. 하루 종일 볕이 들지 않는 컴컴한 주방에 있는 화초들이 겨울을 무사히 날 수 있을까 걱정되어 인공불빛을 켜주지만, 그 빛은 잎 속의 생명을 깨워 살릴 수 없다. 나무들을 추위로부터 지키려고 들여놓았는데 오히려 괴롭히고 있는 느낌이 들어 마음이 편치 않다. 겨울을 나기 위해 집 안으로 들여온 식물들에게 모자라지 않는 것은 물뿐이다. 채광창이 없어 햇빛은 차단되었고 통풍도 여의치 않다.

식물도 사람처럼 생명을 위협하는 것들을 견뎌내며 살아남는다. 눈에 보일 듯 말 듯 한 작은 빛에 의지해서 산다. 입김에도 쉬이 날아갈 것 같은 작은 잎을 키우려고 바뀐 환경에서 몸살을 앓지만, 어둠 속에서도 끝끝내 버틴다. 새싹으로 시작되어 꽃을 피우기까지 추위와 더위를 견딘다. 웅크린 잎사귀를 펼 날이 올 것을 믿고 그 자리를 지킨다.

아름다운 풍경은 아닐지라도 창밖에 있는 한 그루의 나무가 계절의 변화를 알려주니 좋다. 질병으로 뒤엉켜버린 일상에도 매일 새로운 하루가 찾아와 소중한 것들을 더욱 소중하게 느낄 수 있게 해주니 얼마나 좋은지.

끝끝내 살아남는 식물들과
사랑하는 사람들이 있어 나는 여전히 푸르다.
겨울의 한복판에서도.

한 시절

　꽃과 독서와 글쓰기에 기대어 노래하며 한 시절을 넘어간다. 내가 좋아하는 것들을 벗 삼아 아침을 시작하고 저녁이 오면 영혼의 주름을 펴고 평안히 눕는다. 허공을 가르고 피어난 청보라 빛 델피늄이 한낮의 빛에 몸을 맡기고 바람에 한들거린다. 완만한 곡선으로 휘어져 피어난 사방화는 어느 방향에서 보아도 어여쁘다. 만개했던 여름이 기울어지며 봉숭아 잎에 가을빛을 흩뿌린다. 수명이 다한 잎의 황갈색 빛이 해질녘 정원에 반사될 때쯤 아름다운 순간들은 언제나 내게로 와서 머문다. 그냥 스쳐 지나지 못하게 소박한 기쁨이 내 마음을 잡아당긴다. 매일의 소소한 기쁨이 나를 위로하고, 곁에 바짝 붙어 선 고통은 무뎌지지 않도록 나의 영혼을 깨운다. 은빛으로 반짝이는 거미줄의 비단같이 보드라운 촉감. 수도꼭지에서 쏟아지는 은빛 구슬들을 보며 고유한 사물의 윤곽을 드러내는 빛의 움직임에 감탄하곤 한다. 별다른 일 없이 반복되는 평범한 일상을 아름다운 것과 의지하는 것, 갈등하게 하는 것들을 벗 삼아 살아낸다.

창조된 것들은 나의 밝음과 어둠을 하나로 통합시켜 살아가는 법을 가르쳐주었다. 오랜 기다림이 고결한 것들과 연결되게 다리를 놓아주었다. 버텨내는 것 밖에는 할 수 없었던 삶 곁에서 소망은 그 가치를 일깨워주었다. 나는 지루하게 반복되는 삶을 살아내기 위해 책을 사 모으며 꿈과 현실의 괴리감을 견뎌냈다. 끝끝내 꿈을 이룰 수 없을 것 같은 두려움도 버텨냈다. 꿈이 구체화되기를 간절히 기다리는 시간을 포기하고는 살 수 없었다. 책을 읽고 사서 모으다 보니 기다림마저 즐거웠다. 책에 의지하고 기대며 고통스럽고 지루한 시간에 희망을 심었다.

어김없이 계절이 바뀌듯 한 시절을 버티게 해 주었던 책을 사 모으던 일도 끝이 났다. 애써 벗어나려 하지 않아도 역할이 끝나면 정리되어야 할 것들은 자연스럽게 정리된다. 굳이 애쓰지 않아도 살아가기 위해서 의지해야 했던 것들과의 이별은 자연스럽게 온다. 나를 나로서 존재하게 했던 것들이 목적이 다하면 더 이상 아무것도 아닌 게 된다.

한동안 사 모았던 책을 필요한 사람들에게 나누어주었다. 필요를 다했으니 떠나보내는 게 마땅했다. 한 시절의 고뇌를 건널 수 있도록 내 손을 잡아준 책들이었다. 이제는 내게 꼭 필요한 몇 권의

책만을 곁에 둔다. 흔들리며 느리게 앞으로 걸어가는 인생에 찾아
와준 고마운 책. 위로이자 목적이었고, 엄마이자 친구였던, 고유한
나를 찾아 원하는 삶을 살도록 이끌어준 책. 내게 유익했던 책들이
새로운 곳에서도 가치 있게 쓰이기를.

흔들리며 서는

유한한 것이 무한한 것을 제한할 수 있을까. 살아있는 것들은 모두 빛을 향해 고개를 든다. 비틀거리며 걷는 그림자는 광명한 빛 앞에서 다시 일어선다. 균형추가 제 역할을 못 할지라도 살도록 목숨을 부여받은 존재들은 넘어지지 않는다. 신의 형상을 침범한 어둠이 영혼을 흔들어도 선물로 부여받은 한 생애는 생명의 근원으로부터 분리되지 않는다. 흐린 날씨처럼 빈 마음으로 잠시 휘청거려도 결코 넘겨지지는 않는다. 가진 역량이 한계 앞에서 흔들려 불확실한 현실은 먹색이 되고. 모호한 시간의 틈새로 불안이 확산될지라도 분명한 존재의 이유가 있는 것들은 시퍼렇게 생생하여 사라지지 않는다.

그림자는 반짝이는 것들의 배경이 되고 어둠은 고유한 빛의 반짝임을 더한다. 인간답기 위해 끝까지 걸머져야 하는 자신과 타인의 고통. 이런 것들로부터 바로서기 위해서는 전 존재가 흔들려야 한다. 자신의 한계를 넘어 가치 있는 삶을 살기 위해서는 나를 있게 한 전부가 흔들린 후에 제자리를 찾아야 한다. 언제나 내면의 성장은 뿌리가 뽑힐 것 같은 위기를 지나서야 이루어졌다. 나를 에워싸며 따라다니는 그림자는 나에게 존귀한 삶을 선택하라며 말없이 곁에 있다. 삶을 마치면 돌아갈 천상의 아름다움과 맞닿아 있는 그림자. 유한한 현재에서 영원한 것을 보는 눈이 뜨이는 곳에서 나는 날카로운 것에 찔리고 흔들리며 조금씩 곧게 선다.

본질을 찾게 해주는 나의 그림자와
비틀거리며 매일 조금씩 바로 서 어깨를 곁고 앞으로 나간다.

평생 이렇게

고개를 돌리면 바로 코와 맞닿을 흰 탁자 위에 활짝 핀 피오니 소르베 작약. 정원에서 한 송이를 잘라 와 민트색 화병에 꽂아 가까이에 두었네. 온 집안을 가득 채운 꽃향기. 향기에 설레어 글쓰기를 자꾸만 멈추고 꽃에 코를 비빈다. 한참을 그렇게 바라보다 긴 숨으로 빨아들인 향기가 영혼을 깨운다. 작약만 있으면 더 바랄 게 없을 것 같은 찬란한 봄. 해마다 작약이 피면 꽃 앞에서 밤새워 이야기하다 꽃 옆에서 잠들고 싶었다. 노트북 왼쪽에서는 밤새워 글을 써도 못다 쓸 것 같은 영감을 불러일으키는 클래식이 흐르고 오른쪽에서는 비단 꽃 향무가 연보라빛깔의 달콤한 향기를 뿜어낸다. 집 안에는 꽃들의 향기가 서로 어우러져 조화롭게 순환된다. 비단 꽃 향무는 꽃잎 향수다. 널찍한 탁자 위에는 향이 진한 작약과 비단 꽃 향무, 은은한 향기를 품은 카네이션, 꽃잎에서 버스럭 소리가나는 스타치스가 민트색 호리병 모양의 화병과 흰 도자기 화병에 나누어 꽂혀있다. 꽃과 책과 음악과 글쓰기, 여러 좋아하는 것들과 함께하는 나는 세상에서 가장 행복한 사람이다.

좌절하는 사람들에게 희망을, 절망하는 사람들에게 용기를, 죽고 싶은 사람들에게는 다시 살고 싶은 마음을 주고 싶어서 글을 쓰게 되었다. 글을 쓸 때는 내 안에서 솟구치는 감동과 외부로부터 부어지는 영감을 절실한 마음으로 구한다. 잔잔한 클래식 음악을 들으며 글이 자연스럽게 흘러나오거나 때로는 솟구치길 기다린다. 가사가 있는 노래나 리듬이 빠른 곡은 글을 쓸 때 방해가 되기 때문에 클래식을 주로 듣는다. 모차르트의 피아노 협주곡 23번 2악장 아다지오는 글과 단둘이 있는 공간에 단비처럼 내려온다. 공간을 충만하게 채운 부드러운 음률의 곡선 위에서 글도 제 길로 흐른다.

나는 여섯 살에 보육원에 맡겨져 일찍이 존재하는 것들의 삶의 무게, 그 쓸쓸함을 몸소 체험하였다. 유년기를 지나 고등학교를 졸업하고 보육원에서 퇴소하기까지 겪었던 슬픔과 상처가 책을 통해 치유됐다. 서른 후반의 나는 사람의 마음을 낫게 하는 책이 되고 싶었다. 모진 겨울에 얼어 죽지 않고 언 땅을 뚫고 올라와 마침내 꽃을 피운 한 송이 꽃과 같은. 소망과 절망이 교차했던 순간이 고스란히 기록된, 한 사람의 희로애락이 모두 기록으로 남겨진, 나는 사람의 목숨을 살리는 한 권의 책이 되어 슬픔의 한복판에서 죽어가는 사람들이 살 수 있게 도움을 주고 싶다. 죽음에서 생명으로 돌아온 나의 삶으로 슬픈 사람들을 끌어안으면 그들도 있어야 할 곳으로 돌아오리라 믿기 때문이다. 뭇 사람들에게 용기를 주고 마음에 힘을 주고 싶어서 글을 쓰기 시작했다. 죽고 싶은 사람들이 다시 살아야 할 목적과 희망을 찾길 바라는 오직 한 가지 목적을 가지고 글을 쓰고 있다.

지천명이 가까워져 오던 어느 날 사랑이 내게 속삭였다. "너는 인생의 슬픔을 아는 사람이다." "너는 상처가 많은 사람이다." "글로 슬픈 사람을 위로하여라." "글로 세상의 빛이 되어라." 사랑이 내게 들려준 속삭임을 삶의 좌표와 목적으로 삼고 글로 사람을 살리고 싶어서 쓴다. 평생 좋아하는 일을 하면서 지금처럼 이렇게 살고 싶다. 작약꽃이 내게 나누어준 향기의 설렘으로. 나도 누군가에게 그리스도의 향기로.

틈새에서 핀 꽃

세워진 경계석의 틈
살 수 없을 것 같은 틈바구니에 뿌리를 내려
컴컴하고 좁은 틈을 비집고 올라온 분홍 낮달 꽃
끝내 살아남았으니 뽑지 않고 그대로 둔다.
기특하고 강한 꽃이 바람결에 흔들리는 분홍빛 잔상
잠식한 어둠을 뚫고 피어난 꽃이 목마르지 않게
거센 물줄기에 고개 숙이지 않게 지휘하듯이
물줄기로 원을 그리며
보드라운 이슬방울로 자분자분 꽃 위로 내려온다.

틈새, 좁고 거칠고 척박한 땅
하늘 가까이로 구부러진 천수답처럼
매일 빗방울을 기다리는 메마른 곳
밟히고 밟혀 크지 못하고 거친 표면에
낮게 엎드려 핀 작은 민들레

살아남아 꽃을 피웠으니

뽑지 않고 뿌리내린 곳에서 살도록 둔다.

작은 씨앗으로 하늘 높이 날아오르라고

눈길 주고 마음 주며 돌본다.

번식력이 강해서 자랄 때마다 뽑던 민들레와 향 낮달 꽃이

척박한 땅, 틈새에서 살아남아 그 생명 값에 감동하여

낮게 엎드린 민들레를 밟지 않으려고 피해서 걸어 다니고

흔들바람에도 휘청거리는 꽃이 핀

여린 가지는 지지대에 묶어 보호한다.

쉴 곳

네가 그분을 모를 때에도

그분은 너를 알고

너의 길을 몰라 방황할 때도

그분은 너의 길을 아셔

사랑하는 자가 기억을 잃고 그분을 알아보지 못해도

그분은 한결같이 따스한 손길로 그를 보호하시고

네 삶을 소진하고도 해결할 수 없는 문제 앞에 서면

거기서부터는 그분의 능력이 이끌어 가셔

그분은 우리의 유익을 위해서 일하시고

근심 없이 잠들고 뛰놀게 은총을 더하셔

자녀가 때로는 부모로부터 멀어져도

부모의 가슴에서는 자녀가 영원한 그리움으로 타오르듯

네가 누구인지 모르고 위험을 감지하지 못해도

그분은 언제나 너를 품에 안고 사랑으로 보호하셔

너를 향한 그분의 긍휼은 영원해
우리의 어설픈 사랑도 그분을 닮아서 영원해

그분의 품은 마음 둘 곳 없을 때 네가 돌아가 쉴 곳
그분은 모호하고 불안한 세상에서 네가 딛고 설 땅
그분은 온갖 위험과 소음으로 어수선한 곳에서도
너를 살게 하는 생명
그분은 삶이 자아내는 불협화음도
아름다운 소리로 바꾸어 주시는 분

시련을 겪을수록 삶은 점점 더 단순해지고 자유롭게 변한다. 희미한 빛이 드는 창가에 서면 음악이 햇살의 빈자리를 채워 결이 다른 감성이 깨어난다. 창에 부딪히는 바람의 덜컹거림은 투명한 창문을 넘어서지 못하고 지나간다. 숨겨진 시간에 마음이 깨어나면 사는 방식이 간소해져 많은 물질과 사람이 없어도 삶은 풍요롭다.

제3부

어둠은
반짝이는 것들의
배경이 되고

고정점이 되어라

동의를 구하지 않고 지배하려 드는 형체도 없고 힘도 없는 절망은
넘실거리는 은혜의 강물에 띄워 어둠으로 넘겨버려라
익숙한 듯 내리누르는 우울은 빛이 없는 곳으로 보내고
반복적으로 밀려왔다가 빠져나가는 불안은 설 자리를 없애고
숨죽여 내뱉는 한숨 섞인 탄식은 메마른 땅에 떨어지게 하라

마음이 무거워 보이는 사람에게는
입을 굳게 다물고 한마디 말도 보태지 말고
눈감아 줘야 하는 일이 보일 때는
눈빛의 초점을 흐려 애써 먼 곳을 보고
너를 살게 하는 사랑을 의심하지 말고
파괴적인 생각으로부터 도망쳐라
은총이 절망을 흩어 영혼에 스며들지 않도록 도와줄 테니
감당할 수 없는 고통이 임계점을 넘어가면 파멸로부터 도망쳐
끓어오르는 고통을 하늘로 날려 보내 잠재워라

절망으로 비틀거려도 다시 일어나 걸을 수 있고

우울에서 일어나는 법을 배워 여기까지 왔으니

힘들면 홀로 있지 말고 지금의 모습 그대로

안아주는 사람에게 가라

고통이 영혼의 지평을 넓혀 마침내 얻어진 깨달음으로

짙은 어둠의 반복을 벗어날 수 있는

힘이 생길 때까지 가만히 있어라

내려앉기를 반복한 시간이 너를 찾게 도와주었고

어둠에서 벗어나는 법을 터득해서 여기까지 왔으니

익숙한 고통이 찾아와도 쓰러지지 말고

누구도 대신 살아줄 수 없는 소중한 너의 삶을 펼쳐보아라

빛으로 존재하는 것들이 그림자 없이 온전히 아름다울 수 없으니

네가 만들어낸 너의 그림자마저 사랑하는 마음으로 보듬어

안정된 빛이 되어 흔들리는 것들의 고정점이 되어라

서로에게 기대어

동이 트기 전. 간절한 소망이 거듭되는 절망에 해체되어 버린 것 같았다. 별빛과 달빛도 길을 잃었는지 보이지 않았다. 이 절망은 끝이 있는 걸까? 분열의 시간이 연장된 것 같았다. 내 마음 둘 곳 없는 날에 나의 단짝친구는 분출되어 밖으로 터져 나오는 이야기를 모두 들어준다. 조용히 공감해주면서. 나는 친구에게 있는 모습 그대로 받아들여져 마음에 있는 것들을 풀어낸다. 친구 곁에서 안심하고 마음을 꺼낸다. 인내해야 할 것과 왜곡된 것을 분별하여 생각을 바로잡는다. 말하는 동안 문제의 본질이 파악되어 마음이 정리된다. 이렇게 정리하고 나면 다시 힘차게 살아갈 힘이 생긴다. 친구는 언제나 나의 영혼과 연결되어 내 곁에 있다. 마음 깊은 것까지 터놓을 수 있는 단짝친구와 희망은 한결같이 그 자리에 있다. 길을 잃는 것은 언제나 나다. 희망을 놓쳐버린 날은 한없이 미끄러져 내려가는 것들을 어떻게 제자리로 끌어올려야 할지 모르겠다. 희망은 죽지 않는데 하루 동안 죽은 것같은 날에는 어김없이 낙망이 그 자리를 점령한다. 확신에 차 안정되어있던 삶이 이따금씩 어둠에 휩싸이면 절망은 내 삶을 뿌리째 뽑으려고 달려든다. 송두리째 희망으로부터 끌어내리려 마구 흔든다. 노력하며 성실하게 살아온 삶이 아무것도 아닌 것 같이 허망하게 느껴지는 날이면 우선 울고 본다. 불규칙적이지만 주기적으로 반복되는 좌절로부터 벗어날 수는 없는 것일까? 벗어나지 못하고 희망과 좌절 사이를 오고가도 주저앉지 않고 다시 일어나니 괜찮다. 살아있는 한 누구도 좌절로부터 자유로울 수 없으니.

가도 가도 끝이 보이지 않을 때의 반복되는 좌절은 사람을 음식물 흡입기로 만든다. 맛을 느낄 겨를도 없이 불안과 불만스러움과 조급함을 먹어 치운다. 갈망하는 것들이 채워질 시간은 멀기만 하여 풀어진 마음은 형체 없이 흩어진다. 힘들고 느릿한 것들이 이루어낸 작고 미미한 것들을 모두 놓아 버리고 싶은 날에는 푸른 새벽이 더 짙푸르러 나를 깨운다. 고독으로 깨어난 영혼은 더 힘껏 삶을 끌어안는다. 늘 그래왔듯이 귀함을 일깨워주는 고독 안에서 나를 찾아 다시 일어선다. 노역의 때가 지나고 평안의 때가 시작되었다. 지금도 여전히 성장하고 있으니 앞으로 다가올 시간은 좌절로부터 점점 더 자유로워질 것이라고 믿는다.

아무리 고통스러워도 서로를 원망하지 않기 위해 외따로 거리를 둔다. 파멸의 힘은 흩어버리고 원망에게 나를 던지지 않는다. 나는 불의한 시간으로부터 살아남기 위해서 고통과 불안을 가지고 하나님 앞으로 나간다. 어둠을 비추는 선명한 빛이 언제나 나를 찾아와 내 영혼을 위로해준다. 사선을 넘어갔던 사랑과 희망이 다시 돌아와 말없이 곁에 있다. 좌절이 날뛰고 죽음이 두려움을 앞세워 부드러운 것들을 굳혀버려도 사랑과 희망은 한결같이 평안하고 부드럽다.

나는 이제 슬픔과 기쁨의 두 다리로 사람들 사이를 거닌다. 사람들과 숲을 이루어 사는 곳에서는 거친 바람도 온순해진다. 마음이 연결된 사람들 사이에서 불어오는 이해와 공감의 바람이 나를 평안함으로 이끈다. 죽음 앞에 이를 때까지 더 가까이에서 서로의 안녕을 챙겨주는 사람들과 본모습을 잃지 않고 살 수 있어서 감사하다. 유기적인 연대감으로 서로에게 기대어 살아갈 수 있어서 안심이 된다. 삶은 언제나 사랑과 희망을 우리에게 보내며 다시 살아갈 수 있는 용기를 북돋워 준다. 나의 단짝친구처럼.

꽃을 쥐고 서있는 사람   91x73cm_Oil on canvas_2021

나의 벗 그림자

메마른 길 위에 서 있었습니다. 유폐된 영혼은 자신을 먼지와 티끌이라고 생각했습니다. 관계가 단절되고 사랑으로부터 소외되었던 그 시절도 보호와 돌봄 안에서 안전하였습니다. 어느 것 하나 드러내 보일 것 없었지만 은총은 그림자로 살던 나에게 생명을 부여해주었습니다. 외로움에서 깨어난 긴 그림자는 자기가 부족한 것과 약한 것을 알아서 낮은 자리로 내려갑니다. 아리따운 옷에 긴 그림자가 겹쳐진 날이면 그 옷을 입고 사는 것이 은혜임을 기억합니다. 빛의 옷이 입혀지기 전에는 자기가 누구인지 몰라 부스러기라고 생각하며 살았습니다. 빛이 먼저 다가와 나를 끌어안았을 때 빛 안에서 처음으로 나의 영혼을 보았습니다. 빛의 품에 안기니 그토록 떼어내고 싶었던 긴 그림자가 먼저 다가와 나를 끌어안았습니다.

삶의 언저리에 숨겨두었던 또 다른 나의 모습 그림자였습니다. 내가 사랑하지 않으니 가장자리를 배회하는 거부된 그림자입니다.

긴 그림자에 고독이 짙게 물들었을 때 나를 찾아 내가 있어야 할 자리로 갔습니다. 태어날 때 한 몸으로 태어난 그림자는 내가 부끄러운 삶에서 돌이키자 가로막고 있던 것들로부터 벗어났습니다. 언제나 내 곁에, 숨이 멈출 때까지, 그는 나의 친구입니다. 그림자는 빛의 길에서도 언제든지 제 그림자에 걸려 넘어질 수 있다고 가르쳐줍니다. 불안이 돋을 새겨진 삶도 빛 가운데서는 안전하다고 토닥입니다. 태어난 모습 그대로 고귀하다고 말해주고 내가 누구인지 깨우쳐 겉돌던 삶에서 돌아서게 도와줍니다. 살아있는 것들은 모두 신의 절대 사랑 없이는 생존할 수 없다고 가르쳐줍니다. 가장 친한 벗 그림자는 나에게 피조물답게 겸손히 살라 합니다. 거친 삶의 한가운데서 따스하고 유연한 모습으로 살라 합니다. 벗과 나는 한사람처럼 유한한 인생에서 영원을 품고 자유의 몸짓으로 살아갑니다.

나는 그림자와 화해하였습니다. 늘상 비슷하게 반복되는 문제의 주변을 맴돌았고 내 안의 어둠을 외면했고 그림자의 짙은 어둠으로 밝음을 짓눌렀던 지난 시간과 화해하였습니다. 그림자와 화해한 나는 다른 무엇과 비교할 수 없는 한낮의 밝음이 되어 평안히 살아갑니다. 나의 그림자는 내 곁에 함께 있는 내 영혼의 동반자입니다. 우린 서로에게서 자신의 모습이 보이는 겹쳐진 존재입니다. 깊고 아름다운 이야기가 통하는 또 다른 나입니다.

내버려둔 것 같을 때

죽음 같은 절망이 어둠처럼 내려와 나는 울었네. 이런 심정이 일 년에 서너 번은 찾아오지. 어떤 간절한 기대는 나를 앞으로 나가게 하는 원동력이 되기도 하지만, 오늘처럼 나를 절망으로 밀어넣기도 해. 평생을 두고 나를 야금야금 갉아먹지. 이럴 때는 나에게 한없이 친절한 신이 간절한 기대를 넘어서 소원이 된 일에 있어서만은 부재한 것 같이 느껴져. 신이 행하는 일이 이해되지 않으면서도 이해가 되기도 해서 나는 기다려. 소망이 이루어질 시간을. 긴 기다림의 시간에 지치면 베갯머리에 무력한 눈물만 흘리다 잠이 들지. 하루 이틀이 지나면 폭풍은 잠잠해지고 나는 깊은 인내에 들어가.

우린 희망이 없으면 살 수 없는 존재들이야. 각자의 숨이 멎을 때까지 희망이 우리를 이끌어가지. 흩어질 존재인 것처럼 공허한 눈빛으로 허공을 바라보는 사람을 보는 일은 차마 보기 아파. 나는 소망이 없이는 한순간도 살 수 없는 존재라서 절망을 바라보는 게 더 고통스러운가 봐. 더 나아질 무엇을 기대하지 않는 흐린 눈빛과 마주치면 나의 소망도 흔들리지. 이럴 때는 구도자의 길이 더 고통스럽게 느껴져. 오만은 죽음을 끝이라 말해도 오랜 기도는 죽음도 하나님의 뜻을 이루는 은혜라 말하지. 기도가 이루어질 것 같지 않아도 난 주저앉을 수 없어. 그러나 포기할 수 없는 굳센 의지로 소망을 붙잡고 사는 사람도 일 년에 서너 번은 뿌리째 흔들려. 그럴 때마다 아침이 오면 눈뜨지 않기를 바라지만 그 바람은 한 번도 이루어지지 않지. 고독하고 아름다운 삶의 한가운데서 나는 지금 모습 그대로 감사해. 그분의 뜻대로 이루어질 것을 믿기 때문에.

내버려 둔 것이 아닌, 불순물을 걸러내는 시간이고
나만의 결로 만들어지는 시간임을 믿지.

마음처럼 되지 않는

목표에 맞춰서 팽팽하게 당겨져 있던 일상이 어그러지기 시작했다. 이번에도 나와 분리될 수 없는 사랑을 따라가던 길이었다. 조심조심 그 일을 실행에 옮겼다. 그러나 막중한 그 일이 점점 어렵게만 느껴졌다. 시작했으니 마무리가 아름답길 바랐다. 모른 척 할 수 없는 그 일을 완수하려고 진심을 다했는데 원하는 대로 되지 않았다. 지킬 수 없으니 그만 피하고 싶었다.

갈등에 속한 것들로 해사하던 마음이 흐려졌다. 내 삶에도 좋은 것과 감사한 것 사랑하고 사랑받은 기억들이 넘쳐나건만 부분적인 어려움이 확대되어 힘든 것들이 도드라지게 느껴졌다. 이것은 분명 잘못된 생각에서 비롯된 것이었다. 무시할 수 없는 무거움이 나를 눌렀다. 일곱 빛깔을 통과한 찬란한 빛은 서서히 검은색을 띤 단색이 되었고, 기쁨이 증발해 버린 삶을 얼마나 더 버틸 수 있을지 알 수 없었다. 처음부터 할 수 없었던 일이었는데 들뜬 자만이 결국은 나를 고통스럽게 만든 것인지 아니면 지나친 이타심이 나의 삶을 궁지로 몰아넣은 것인지 혼란스러울 뿐이었다.

기쁨보다 더 깊은 고통은 얕은 즐거움으로 해결되지 않는다. 강렬한 빛이 비추인다 해도 잠깐 볕이 들 뿐이다. 분석하기에 덜 발달된 마음으로 시작했고 가족과 이웃의 평안을 나의 평안보다 더 챙기려다가 시작된 일이었다. 나의 쉼은 언제나 뒷전으로 미뤄놓고 참고 버티기에 익숙한 삶의 태도를 이번에도 반복하고 있었다. 나를 아끼는 사람들은 내가 힘든 일에 뛰어들려 할 때마다 나를 가로막는다. 내가 시도하려는 그 일이 누구 봐도 힘든 일이기 때문이다. 책임지기를 주저하는 일이 외면할 수 없는 사람과 엮여 있다면 결정을 내리기란 쉽지 않다.

계산하지 않고 시도한 갖가지 일로 정신과 육체가 고통을 겪지만, 이렇게 사는 것도 내가 사는 방식이다. 어떤 일을 하다가 못하게 되면 괴롭겠지만, 처음부터 외면하고 시작하지 않아서 겪는 마음고생은 더 힘들다. 살아있으면서 죽은 사람처럼 사는 것이기 때문이다. 나는 힘들어도 진심을 외면하지 않는다. 계산과 분석이 발달된 사람들에게는 내가 사는 방식이 무모하겠으나 양심대로 행동하지 않고 후회하며 사는 게 나는 더 힘들다. 나는 바보처럼 겪으며 깊은 깨달음을 얻는다. 시도하지 않고 비겁하게 핑계만 대며 살기에는 남은 삶이 너무 아깝다. 이보다 더 열심히 살 수 있을까. 서른둘, 예수를 믿고 거듭난 순간부터 난 그렇게 살았다. 유방암을 앓기 전이나 후나 나는 오늘이 마지막인 것처럼 산다.

상당산성 32x41cm_Oil on Canvas_2021

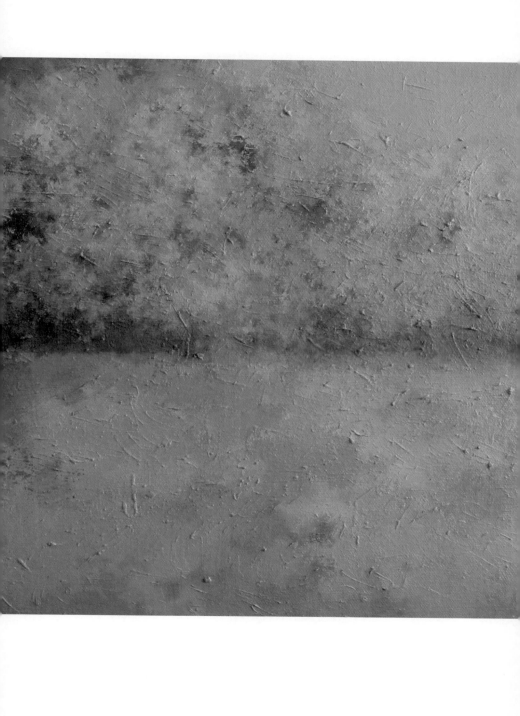

분별

우리는 살아가는 동안 많은 사람을 만난다. 쉰이 넘었어도 관계를 맺는 사람들이 어떤 사람인지 아직도 분별하기가 어렵다. 지금은 도덕적으로 어긋남이 만연한 시대다. 이런 시대에 진실하게만 살면 되는 것일까. 왠지 그렇게 살면 더 힘들어질 것 같아 두렵기까지 하다. 진실하게 살면서 더불어 악한 사람을 분별하여 엮이지 않는 지혜. 혼탁한 지금 이 시대는 거짓을 분별하는 지혜가 절실히 필요하다. 악은 처음부터 파멸시키려고 손을 내민다. 그러니 내 삶이 파멸되지 않기 위해서 악으로 밀어 넣으려는 사람들을 분별하여 경계해야 한다. 악은 익숙한 거짓말을 현란한 말 뒤에 감춘다. 진실인 것처럼 보이게 하려고 혹하는 말로 사람을 휘어잡는다. 거짓에 눈이 멀면 악한 짓을 하면서도 감각이 없다. 애초부터 영혼이 존재하지 않는 것처럼 타인의 고통에는 관심이 없다. 이기적인 목적을 가지고 가까운 사람들의 관계를 어긋나게 하려고 말하고 행동할 뿐이다. 거짓이 휩쓸고 지나간 길에는 부박함만 널브러져 있다. 금도금으로 싸 바른 거짓의 유혹은 번뜩이며 올바른 생각을 하지 못하게 혼미하게 만든다. 많은 사람의 인생을 파멸시키는 거짓의 위력은 참으로 무섭기까지 하다. 이루지 못할 계획을 장황하게 떠벌린다. 오로지 자기를 위한 만찬과 탐욕을 채우기 위해서. 자기의 탐욕을 채우려고 거짓말로 후려치고 이간질로 분열시키고 뻐그러뜨린다.

시간이 지나면 진실도 드러나고 거짓도 드러난다. 나쁜 목적으로 작정하고 거짓말을 하면 듣는 사람은 사실인 것처럼 느껴져 잠깐은 혼란스럽다. 이야기를 듣는 그 순간은 어수선하지만, 삶이 바르기 때문에 하루를 넘기기 전에 균형이 잡힌다. 순간적으로 끌려들어 가 잠시 잠깐 해망쩍게 흔들릴 수는 있겠지만. 거짓은 언제나 화려한 웅변술로 우리에게 다가온다. 이런 일을 겪은 날은 어수선해진 삶을 방어하기 위해 깊은 생각에 잠긴다. 거짓은 언제나 평안이 없다. 조급함과 불안으로 삶의 경계를 허물려 하기 때문이다. 어둠을 감추고 빛의 천사인 척 변장하고 다가오지만 불쾌함만 남긴다. 깨끗하고 바르게 살고자 하는 사람은 더욱 지혜로워져야 한다. 그래야만 선하고 바른 삶이 거짓에 짓밟혀 조롱당하지 않는다. 거짓말이 마음을 뒤숭숭하게 만들어 균형 잡힌 일상의 표면을 긁을지 모르나 심연은 긁지 못한다. 거짓은 악한 목적을 이루어도 스스로 파멸된다. 시간이 지나면 거짓은 모두 드러나고 흐트러진 것들은 제자리로 돌아온다. 가까운 사람들을 멀어지게 하려고 접근하지만 가장 큰 피해자는 거짓에 놀아나고 있는 자기 자신이다.

나는 하나님을 사랑하듯 사람들을 사랑한다. 백합꽃의 향기가 피어난 곳으로부터 사방으로 번져나가듯이 내 사랑도 번져나간다. 거룩한 향기가 풍겨나는 삶에는 악취가 발붙일 곳이 없다. 나는 하나님의 형상을 입고 태어나 사랑의 품에 안겨 지금까지 살아왔다. 귀한 사람으로 대우해주는 사랑이 내 심장을 관통하고 모세혈관까지 속속들이 흘러들어 내 생명은 이른 죽음에서 벗어났다. 이런 사랑을 받고 살아온 나는 누구를 만나든지 사랑으로 감싸 안아 토닥인다. 하나님의 사랑이 오랜 결핍에서 나를 일으켜 다시 살게 하셨으므로 나도 만나는 사람들을 사랑한다. 나를 아는 사람들은 이런 나에게서 엄마의 품이 느껴진다고 말한다.

쉰이 넘었지만 나는 여전히 불완전한 사람이다. 나는 부족한 것들과 제한된 것들 사이 어디쯤에 메워지지 않은 채로 존재한다. 두려움과 불안에 중독되는 날도 있다. 투영된 불안이 공기 중에 떠다니며 마음을 끌어내리기도 한다. 괴로운 생각이 끝도 없이 반복되며 나를 괴롭힐 때면 나는 고장 난 사람 같다. 과거에는 지금보다 더 약하고 미련했다. 나를 통과해 창조된 것들은 나의 영향력 아래 있다. 그게 기쁨이든 슬픔이든 고통이든 나를 거쳐 나온 것들은. 나는 알지 못한다. 매사에 다가오는 일들이 좋은 일인지 나쁜 일인지 모른다는 것을 인정하면서 진실 되게 살아갈 뿐이다. 살아가면서 겪게 되는 많은 일들은 결국 내 영혼을 성숙시키는 값진 재료들이므로.

나는 하나님의 보호를 받으며 사는 사람이다. 거짓말에 찬 서리 맞은 오늘도 지나가는 시간의 한 조각의 귀함을 손에 쥐고 하루를 살아간다. 알 수 없는 결말과 현재 일어나는 일들이 왜 고통으로 옥죄어 오는가를 이해하며 하루를 접는다. 빈약할 때는 기도하며 서로의 지혜를 모아서 바로 선다.

선과 거짓의 분별이 절실한 시대. 세상 끝 날까지 내 사랑은 멈추지 않고 흐를 것이다. 내가 사는 동안, 아니 영원토록 하나님과 동행한 절대 사랑의 진릿값은 변하지 않을 것이므로. 거짓되게 살면 좋은 사람들은 모두 떠나고 삶은 점점 황폐해져 홀로 남겨진다. 도덕적으로 어긋난 사람들은 진릿값을 모르기 때문에 많은 것을 가지고도 만족할 줄 모르고 사람들을 파멸시키기에 바쁘다. 거짓이 사람들의 마음을 도둑질하는 일은 어제 오늘의 일이 아니고 놀랄 일도 아니다. 우리는 모든 일에 더욱 분별이 필요한 어둠의 시대를 살고 있다.

사방이 어둠이면

사방이 온통 어둠으로 뒤덮여 내면의 빛이 희미해져 가면
제 몸을 녹여 어둠을 밝히던 촛불도 거듭거듭 불꽃을 곧추세운다
옮기는 발걸음에 어둠이 감겨와 넘어질 듯 위태한 시간이 오면
살아있는 동안 뜨겁게 타오르고 끝에는 형체 없이 녹아져
빛의 손을 잡고 어둠을 흩어버리기 위해 겸손히 행동하리라

사방이 어둠이면 어둠 속에서도 곧은길을 찾아 살도록
주변을 밝히는 작은 빛들과 마음을 모아 시대의 어둠을 밝히리라
줄곧 제 몸을 태워 불을 밝히던 사람도 자신의 빛을 점검하며
그 빛을 꺼트리지 않기 위해 신의 음성에 귀를 기울여
더 짙은 어둠이 밀려와도 연대한 사람들과 서로 연결되어 서리라

사방이 어둠이면 작지만 분명한 영혼의 빛이 꺼지지 않도록
깨끗한 옷으로 갈아입고 날마다 영혼의 악함을 씻어 내리라
어둠이 사방을 에워싸면 매일 진리로 어둠을 밝히고

사방에서 모여드는 어둠이

영혼에 배어들지 못하게 거룩한 일상에서

정결한 모습 갖춰 삶의 끝에서 그분을 뵈오리라

마지막 어둠의 때에 창조된 빛의 수명이 다하여

신의 빛으로 세상을 밝히는 마지막이 가까워 오면

희미한 빛은 광명한 빛 가운데서 다시 태어나

서로 흰 옷을 챙겨 입고 그 옷이 벗겨지지 않게 단단히 여며

다시 오실 그분을 기쁨으로 맞이할 준비를 하리라

색을 지우고 싶은 아침

하루의 즐거움이 삭제된 것처럼 암회색에 휩싸였다. 권태를 애도하는 색이 역동하는 삶까지 애도하기에는 무리였다. 오랜 기다림의 방어벽을 뚫고 회색 바람이 한순간에 휘몰아쳤다. 더 이상 견디지 못할 거라는 두려움이 빛과 맞서고 있었다.

심하게 흔들리는 날은 눈부신 색채의 아름다움을 모두 빼버리고 싶었다. 현란한 색은 모두 지우고 드러나지 않는 색으로 존재하고 싶었다. 꿈과 삶의 색채를 모두 빼버린 후에 간절함의 손을 놓고 흐르는 시간에 나를 놓아두고 싶었다. 시간의 등 뒤로 숨어들어 마모되어가는 시간의 끝에 간신히 매달려 있었다. 악하지도 선하지도 않게 그저 존재하면 되는 거라고 생각했다. 생각의 반대편에 있는 짙은 어둠은 이미 검증된 빛이 끌어안을 터였다. 영원히 사라지지 않을 절대 진리로. 어디서 불어온 바람인지 환희의 빛 안에서 보호받는 삶의 표면을 긁고 지나갔다. 끊어질 듯 끊어지지 않는 작고 가녀린 것들과 때로는 밝고 강렬하고 굵고 짙은 것들이 공존하고 있었다. 줄곧 타오르는 역동적인 것들과 특유의 빛이 사라졌음에도 다시 찾고 싶지 않을 만큼 마음이 잿빛 바람에 휩싸였다.

지금은 끝이 보이지 않는 회청 빛 시간. 스스로 환하고 눈부신 아름다운 색채를 모두 빼버리고 빛에 의해서만 밝음이 드러나는 무채색이 되고 싶었다. 그것은 좌절이었다. 그러나 난 좌절일 수 없었다. 눈을 감고 고개를 들면 더 또렷이 보이는 생명의 빛이 언제나 내 곁에 있으니. 생성과 소멸의 창조의 빛이 내면을 비추어주니. 어둠의 시간인 것 같아도 영원히 쇠하지 않는 빛이 순식간에 밝음으로 나를 끌어올릴 것이므로. 절대 선이 나를 더 높고 깊은 것들의 세계로 데려갈 것이니 나는 좌절일 수 없었다.

선택한 것과 주어진 것

인생은 선택한 것과 주어진 것의 연속선상에 존재하고, 우리는 다양한 삶의 형태 중에서 하나를 선택하여 줄곧 그 길을 걸어간다. 내가 선택하는 삶의 방식은 언제나 사랑이다. 마음이 아픈 이들과 발맞춰 걸어가고픈 간절한 마음과 더불어, 내 삶의 중심을 차지하는 것은 언제나 사람에 대한 사랑이다.

내게 주어진 삶이 볼품없어 보이고, 나를 둘러싼 환경은 하고 싶지 않은 일을 내게 강요하는 것만 같은 그런 때. 내가 선택한 삶의 방식이 도리어 폭력처럼 느껴질 때가 있다. 스스로 선택한 삶과 주어진 삶 모두 힘겹기는 마찬가지다. 나는 이런 삶 가운데서 인내를 배운다. 포기하지 않는 법과 초라함을 견디는 법을 배운다. 꿈을 이루기 위해 노력하는 삶에 지쳐서 모든 것을 그만두고 싶을 때는 꿈이 나를 찾아와 설득시킨다.

힘겨울 때는 누구라도 삶의 소란을 쉽게 잠재우지 못한다. 한

발 앞으로 내딛지 못하고, 주변을 떠나지 않고 맴도는 답답함에 숨을 길게 내쉰다. 유예된 시간 속에서 떠도는 것 같은 시간이다.

선택한 것과 주어진 것 사이에서 비틀거리며 걸어요.
그럼에도 한 걸음 더 내딛지만 마지막걸음이 될지도 몰라요.
곧게 뻗은 길에서 벗어나 휴면상태에 머무는 모호한 시간
골 깊은 갈등을 간신히 넘고 또 넘다 쓰러질 것 같아요.
작은 삶에서 커져만 가는 균열도 사랑하면 매워지고
둔중한 마음도 매일 조금씩 가벼워지면 좋겠어요.
두려움과 은총이 교차하고 선택한 것과 주어진 것 사이에서
신의 도움으로 살아온 지상에서의 삶을 가지고
죽음 앞에서는 단독자로 서야 하니
살아서는 더 가깝게 사랑하며 살아요.

샤나치와 그렌샤인   130x97cm_Oil on canvas_2021

어둠은 반짝이는 것들의 배경이 되고

대형마트 앞에 은빛 뼈대가 설치되었다. 과거의 시간보다 다가올 시간에 희망을 주는 은빛 터널. 해마다 지친 마음에 설레임과 기대를 주는 소원 터널이 만들어진 것이다. 사람들은 오가며 간절한 소원을 적어 반짝이는 나무에 달아둔다. 전 세계를 휩쓴 질병이 사람들의 주위를 배회하며 떠나지 않는 한 해의 마지막. 엷게 퍼진 안개 같은 불안이 걷힐 기미가 보이지 않는다. 해마다 설치되는 은빛 터널이 올해는 불안의 길이만큼 연장되어 길게 설치되었다.

어렵고 추울수록 사람들의 소원은 더 간절해지는 것 같다. 앙상한 소원 터널에 언 손을 입김으로 녹이며 꼭꼭 눌러쓴 소원이 가지마다 주렁주렁 열렸다. 소원이 적힌 흰 종이는 은빛 쇠기둥에 빼곡하게 묶여있다. 사람들의 소원이 도망가지 못하게 바람에 날아가지 못하게 꽁꽁 묶어둔 것 같다. 바람이 불어오면 펄럭이는 소리로, 햇빛이 비쳐오면 서로에게 반사되면서 그 자리에 있다. 소원 글귀는 서로 가까이 붙어 있기도 하고 겹쳐있기도 한다. 사람들의 간절한 소원에 낮이면 햇빛이 내려오고 밤이면 별빛이 내려온다. 사람들의 소원이 은빛 터널에 매달려 새해가 오기를 기다린다. 바람이 방향을 바꿀 때마다 서로 부딪혀 사륵사륵 소리를 내고 서로 기대어 낮과 밤, 햇빛과 추위를 견딘다. 소원 터널을 휘감은 꼬마전구는 늦은 밤까지 깜박깜박 귀가하는 사람들과 눈을 맞춘다. 마치 어두운 밤하늘에 반짝이는 별처럼. 은빛 터널 안의 소원 나무는 해마다 찾아오는 사람들의 마음에 희망의 등불을 밝힌다. 지친 사람들에게 새로운 희망과 기대감을 준다. 해마다 그 자리에 우뚝 서 있는 나무를 만나는 것만으로도 사람들은 힘을 얻으니까. 진홍색과 황금색 방울이 살아있는 것처럼 바람에 살랑거리며 반짝거린다. 사람들의 소원을 읽고 지나온 바람이 이번에는 은회색 방울을 흔들고 지나간다. 꼬마전구는 자기를 바라볼 때면 잠시라도 걱정을 잊으라는 듯 응집된 빛으로 어둠을 밝힌다. 어둠은 반짝이는 것들의 배경이 되어 사람들의 마음을 부푼 설렘으로 가득 채운다. 터널 안 탁자 위에는 하트모양과 장화 모양의 메모지와 팬이 사람들을 기다린다.

소원 터널 옆을 지날 때마다 사르락 사르락 종이가 몸을 비벼 들려주는 가벼운 소리가 나를 부른다. 발걸음을 멈추고 겨울 오후의 따스한 빛을 반사시키는 종이의 반짝임을 하염없이 바라본다. 나는 그 아름다운 빛에 이끌려 터널 안으로 들어간다. 은빛 기둥과 은빛 아치 사이, 파란 하늘을 배경으로 걸려있는 소원이 적힌 편지를 느리게 걸으며 읽는다. 단조롭게 반복되는 일상에서 사람들의 소원은 영원을 품은 듯 간절하다. 살아있는 사람들의 마멸되지 않는 간절한 소원은 한결같았다. 소중한 사람들과 함께 아프지 않고 행복하게 사랑하며 사는 것이다.

　소원 나무는 사람들이 모두 돌아가도 깊은 어둠이 밝아올 때까지 홀로 반짝인다. 새벽이 밝아올 때까지 하늘을 향해든 두 손을 내리지 않는다. 사람들이 가지마다 매달아 두고 간 간절한 소원을 가슴에 품고 소원이 이루어지도록 두 손을 모은다. 사는 게 힘들어도 살기 위해 기대와 희망을 품고 찾아오는 사람들이 있어서 나무는 행복하다.

위안

식물이 주는 위안이 글을 끌어당겼다. 집중될 것 같은 힘이 솟구칠 때 머리 감는 시간도 아까워 서재로 내려와 글을 쓰기 위해 컴퓨터를 켠다. 끓인 찻물이 식어 다시 끓였지만, 아직 차를 마시지 못했다. 집중이 흐트러질까 봐 책상 앞에 붙박인다. 잡다한 일상의 일들을 우선 뒤로 미루고 집중하여 글의 우물을 파 내려간다. 스트레스 관리 차원에서 식물을 키우게 되었다. 임계치를 넘어선 책임감에 숨이 멎을 것 같은 순간이 오면 혼자 소리 질렀다. 갈앉힌 괴로움이 소리로 터져 나왔다. 일상의 모든 괴로움이 떨어져 내려 그대로 소멸되면 좋겠다. 어떤 날은 숨을 몰아쉬며 작은 소리로 괴로움을 내뱉었다. 갈수록 숨쉬기가 어려웠고 소리 지르는 일이 잦아졌다. 소리라도 지르지 않으면 이대로 죽을 것 같았다. 혼자 소리를 지르는 일은 나를 좀 살려달라는 외침 같았다. 이러지도 저리지도 못하는 마음에 무력함만 산같이 커져갔다. 답이 있지만 행동에 옮기기를 주저했던 그 일이 빛나는 것들과 기쁘고 즐거운 것들을 빼앗아 달아났다.

함께 사랑하며 살기 위해 선택한 그 일로 나의 일부가 죽어갔다. 응축되는 고통을 분산시켜보려고 좋아하는 일을 찾아 헤맸다. 식물을 키우고 글을 쓰고 책을 읽었다. 좋아하는 일을 하며 마음에 위안을 얻었다. 뿌린 씨앗에서 새순이 나오거나 삽목한 화초가 시들지 않고 살아있는 것을 보면 날선 마음이 부드럽고 고요해진다. 투명한 용기에 옮겨 심은 제라늄 삽목이 뿌리를 내리는 것을 보는 것은 큰 기쁨이다. 식물을 키우면 마음이 안정된다. 사람에게 정성을 들인 시간이 결실로 나타났다면 식물처럼 자라 작은 숲을 이루었을까? 그 숲에는 거목도 몇 그루 있겠고 꽃이 만발한 나무와 열매가 실한 나무가 같이 자라고 있겠지. 꽃은 정성으로 돌봐준 만큼 잘 자라 기다려야 할 시간이 채워지면 활짝 피어나 수고를 위로해준다. 수고에 보답하는 양 어여쁘게 피어난다. 영혼을 위로해주기에 흡족한 꽃 앞에 서면 그냥 행복하다. 그때 내 마음은 파문이 일지 않는 깊은 옥색 빛 수면이 된다. 아무 생각 없이 나도 그 순간 꽃이 된다. 꽃을 보고 있을 때면 그 어떤 생각도 끼어들지 못한다. 단 둘이 존재하는 시간은 언제나 평화롭다. 예민하고 생각이 많은 나에게는 신기한 일이 아닐 수 없다. 처음 느껴보는 종류의 평화다.

마음이 힘들수록 꽃을 오래 들여다보았다. 오랜 시간 누군가를 진심으로 사랑하면, 그 사랑이 꽃이 되고 열매가 되면 얼마나 좋을까. 그렇게 되지 못한 것 같아서 못내 아쉽다. 애쓴 시간이 어긋나게 되면서 사람에 대한 기대를 하지 않게 된다. 관계가 어긋난 이후에 밀려드는 마음 한편의 쓰라림은 어쩔 수 없는 것이었다. 누군가를 사랑하는 일도 식물을 키우며 정성 들인 만큼 보람이 있는 일인데, 아직은 아쉬운 마음이 더 크다. 식물은 정성을 다해 돌봐주면 때가 이르면 꽃이 피고 열매를 맺는데. 이 확실한 순리가 사람 사이에는 적용되지 않을 때가 더 많았다. 지금 식물은 나에게 큰 위로이고 고통 가운데서 꽃 빛 향기로운 구원이다. 정성에 보답해 주기 때문에 식물이 내게 큰 위안이 되나 보다. 작은 보답과 소소한 위로면 되는 것인데 이마져도 놓아야 할 것 같다. 식물에게 물과 햇빛과 바람이 알맞게 공급되면 반드시 꽃을 피운다는 진리는 어긋난 시간들에 대한 위로. 수고한 후에 기다리기만 하면 된다는 확신에 차 있는 위로. 사람을 사랑하기 위해 식물과 친구가 되었다. 내 안의 아름다운 것들의 생명력을 잃지 않기 위해 꽃을 곁에 두었다. 정성을 다한 후에 맺힌 열매를 보는 감격은 멈추지 않고 사랑할 수 있는 힘을 준다. 변하지 않는 진리에 대한 확신을 주며 불안의 반대편으로 나를 끌어당긴다. 마음을 내놓으라 하지 않고 공기처럼 머무는 사랑. 식물의 사랑은 그런 사랑이다. 친밀한 눈빛으로 고요히 위로하는 사랑. 인공이 가미되지 않은 사랑. 존재 그대로를 받아주는 위안이다.

모자를 쓴 초상   53x45.5cm_Oil on canvas_2021

은빛 구슬로

누구도 고통의 중력에서 자유로울 수 없다. 전염병이 각자도 생의 삶으로 몰아가는 혼란한 시대를 사는 우리는 단단한 마음으로 오늘을 살아야 한다. 불안과 불확실함이 오늘을 저당 잡아 집중하지 못하게 흔드는 시대. 나는 이 시대의 두려움을 딛고 공허함이 끼어들 수 없게 지금에 뿌리를 내리고 산다. 그 어떤 불안에도 흔들리지 않을 삶의 터전을 딛고 선다. 사람을 멀리할 수밖에 없는 상황으로 내몰아가는 바이러스는 죽지도 않고 사라지지도 않으면서 우리를 가르친다. 헛된 것을 벗고 진리를 입으라고. 감염자가 점점 늘어나 가족들은 최소한의 외출만 한다. 어머니도 집단생활을 하는 주간보호센터에 가시지 않고 집에 계신다.

고통의 압력이 높아지는 요즘 음악과 책으로 마음을 다잡는다. 마음이 파도치면 일상을 유지하기가 너무나 힘겹다. 살아있다는 것은 중압감을 거슬러 오르는 힘겨운 싸움이다. 나는 해결되지 않는 고통으로 마음이 슬플 때면 빠른 노래를 억지로라도 불러서 삶을 일으켜 세워보려 애쓴다. 슬픔으로 자꾸만 후퇴해버리는 일상을 즐겁게 보내려고 감사했던 일도 되새긴다. 내가 우울해지면 가족이 다 같이 모두 수면 아래로 가라앉을 것 같아서. 사랑하고 기뻐하며 살기에도 시간이 아까워서. 얕은 우울감이 내 삶을 흔들도록 내버려 두지 않는다. 나는 우울함이 밀려오면 감정 전환을 하기 위해 밖으로 나간다. 아무것도 하지 않아도 햇살 아래서 걷는 것만으로도 고통이 빠져나간다.

오롯이 나의 것으로 주어진 삶을 잘 살아내기 위해 오늘도 감사함으로 마음을 세운다. 더욱 뜨겁게 사랑하여 슬픔을 태워버린다. 하루 세끼의 식사를 챙기느라 주방에 서 있는 날이 부쩍 많아졌다. 늘 상 쓰는 수돗물이지만, 오늘은 유독 은빛으로 반짝이며 쏟아진다. 물은 투명한 은빛 구슬로 노란빛 채소 위로 내려와 넘실거린다. 은빛이 축복처럼 내 마음에 내린 오후. 슬픔은 증발되고 평안이 찾아들었다. 끝까지 사랑할 수 있는 열정이 마르지 않으면 좋겠다. 사랑함에 있어서는 한계가 없는 옹근 사람이면 얼마나 좋을까. 오늘도 가족이라는 울타리 안에서 사랑을 배우고 감사하며 살아가는 삶의 태도를 배운다.

꽃을 쥐고 있는 손   27x27cm_Oil on canvas_2021

흐린 날에는 불투명한 창문을 열고

어두울 때는 희망을 켜고 흐릴 때는 불투명한 마음을 열어젖히면 된다. 심겨진 자리를 떠날 수 없는 나무는 평생 살아갈 터전을 받아들인다. 스스로 선택한 자리는 아니지만, 그 자리를 떠나지 않는다. 나무는 그 숲에서만 들을 수 있는 새소리에 감사하고 바람이 들려주는 이야기에 귀 기울인다. 바람이 꽃향기로 불어오면 온 세상을 모두 채울 향기로 축제를 연다. 봄밤이 물러가고 새벽이 밝아오기까지 향기로운 바람이 거센 폭풍이 되어 불어오면 흔들릴 준비를 하고 몸을 맡긴다. 바람이 지나가면 잘려 나간 가지와 잎을 물끄러미 바라본다.

내가 있어야 할 자리, 뿌리를 내려야 하는 곳. 살아있는 것들은 하늘이 정해준 생명의 길이가 다하기까지 시시각각 변하는 것들에 순응한다. 숨으로 생명이 유지되는 존재들은 연결되어 부드러운 마음으로 서로를 돌보아야 한다. 살아온 삶을 되돌아보면 환경이 맞갖지 않았어도 살게 하는 힘이 끈질기게 나를 삶으로 밀어 올려 지금까지 살아왔음을 느낀다.

　심겨진 땅, 놓여 진 자리, 적응하며 뿌리를 내려야 하는 환경은 마음이 올곧아지는 자리다. 이곳에서 매일의 시작은 흔드는 것들과의 전쟁. 결코 패할 수 없는 싸움이다. 두려움에 당당하게 맞설 가치롭고 아름다운 것들을 분투함으로 지켜내야 하는 죽음을 거슬러 오르는 싸움이다. 소중한 것들을 지켜내기 위해 마음의 불순물을 걸러내야 한다. 고갈시키는 것들을 멀리하며 삶을 단순화시켜야 한다. 애매하고 모호한 것들도 감사로 받아들이며 내면이 단단한 형체를 갖추어야 한다.

　내 힘으로 해결할 수 없는 일들. 아무 쓸모 없는 것 같은 비효율적인 고통에 내몰린 시간. 버려진 시간처럼 느껴지는 이때가 우리의 성품을 훈련시킨다. 고통은 영혼을 깨워 내면의 깊은 것들과 연결시킨다. 고통을 통하여 새롭게 빚어진 나는 누군가의 고통스러운 삶에 희망으로 파고든다. 비효율적인 것 같은 고통이 공감하는 법을 훈련시키고 혼란에 통찰을 더해 죽음에서 삶으로 돌아오게 하는 다리 역할을 해준다. 사랑으로서 사람의 마음을 얻을 수 있게 만들어 준다. 부적합하다고 느껴지는 것들의 연속을 우리는 피할 수 없다. 미련한 사람처럼 참으면서 그 시기를 지나는 수밖에.

흐린 날에는 불투명한 창문을 열고 빛 가까이로 다가서면 된다. 시련을 겪을수록 삶은 점점 더 단순해지고 자유롭게 변한다. 희미한 빛이 드는 창가에 서면 음악이 햇살의 빈자리를 채워 결이 다른 감성이 깨어난다. 창에 부딪히는 바람의 덜컹거림은 투명한 창문을 넘어서지 못하고 지나간다. 숨겨진 시간에 마음이 깨어나면 사는 방식이 간소해져 많은 물질과 사람이 없어도 삶은 풍요롭다. 우리에게는 꼭 필요한 만큼의 물질과 대화가 통하는 몇 사람이면 충분하다. 우리가 다 알지 못해도. 보이는 것들과 보이지 않는 것들까지 일용할 양식으로 매일 공급된다. 그러니 신의 선한 능력에 기대어 약함에 개의치 않고 살아갈 수 있다.

지켜야 할 나의 자리에서 자연스러운 모습으로 살면
그것이 가장 아름다운 삶인 것이다.

한철 피었다져도 좋겠네

관심 갖는 이 없는 잡풀이 무성한 화단에
익어가는 계절의 중심에서 해맑게 피어난 노란 국화처럼
나의 계절에 피어나 한철 소박하게 쓰여도
님이 원하는 대로 쓰이면 좋겠네

꽃과 풀의 경계가 뒤섞인 손질되지 않은 화단에
자유로이 흐늘거리며 피어있는 야생화처럼
님을 향해 얼굴을 들고 찬바람에 몸을 맡겼으니
한철 피어도 의연함으로 흔들리면 좋겠네

화사함으로 기억될만한 모습은 아니어도
생명을 머금고 피어난 꽃으로 인정해주고
처음 피어난 날과 마지막 지는 날을 기억해주는
내님 마음이 언제나 내 곁에 머물러 좋아라

흠결해도 믿어주는 님과 함께 걷는 길
한철 피었다 스러지는 이름 모를 꽃잎 한 장에도
아침이슬로 내려오는 님이 있어 좋아라
내님 얼굴에 깃든 평온이 나를 반겨 맞아주니 좋아라

할 수 있는 일과 없는 일

내게 속한 것들을 사랑하지도 미워하지도 않은 또 하루가 간다. 사랑하려다 더 멀어지고 미워하지 않으려다 저빗거리는 하루가 간다. 연이어 밀려드는 혼란스러운 상황 앞에서 사랑하고 싶은, 괴로워하고 싶지 않은 마음을 놓아버린다. 아무 생각 없이 그냥 나로 버티고 선다. 이렇게 해서라도 떼어낼 수 없는 연민과 살아보려 한다.

할 수 있는 일과 없는 일을 분별하면 갈등으로 소진되는 마음의 고갈을 막을 수 있다. 열정이 있다고 해서 한계 밖의 일을 자꾸 시도하면 결국은 마음이 먼저 무너진다. 내 것으로 스며들지 못하는 억지스러운 시도들은 하나씩 무너지기 시작하여 아무것도 아닌 것으로 흩어지고 만다. 애초에 내 것이 아닌, 맞지 않는 옷을 계속 입고 있으면 내 삶도 맞지 않는 옷을 입었을 때처럼 부자유스러움으로 구부정해진다. 나는 나에게 부여된 일이 아닌 한계 밖의 일을 하려고 애썼다. 지금도 헛된 시도를 하게 하는 열정이 잦아들지 않아서 때때로 갈등을 겪는다. 헛된 갈등은 집중해야 할 순간을 어지럽혀 몰입하지 못하게 만든다. 내 마음이 나뉘지 않고 해야 할 일에 집중할 때 나는 가장 행복하고 평안한데 내가 나를 고달프게 만든다.

나의 한계를 아는 것이 겸손이다. 겸손은 무모한 일을 시도하지 않고 아닌 것은 정리하여 흩어지는 삶을 결집시킨다. 나의 한계를 아는 겸손 없이 우리는 평안할 수 없다. 분별 되지 않은 열정은 나를 흩어놓고 겸손은 나의 한계를 알려준다. 겸손한 사람은 내 것이 아닌 일의 경계를 넘어가지 않고 영역 밖의 일은 넘보지 않는다. 가지고 태어난 특별함은 억지로 무언가를 이루려 하지 않아도 물이 평온함을 머금고 흐르듯이 우리의 삶을 이끈다. 한계를 아는 겸손한 마음은 하고 싶은 일에 집중하게 도와준다. 하고 또 해도 지치지 않는 그 일을. 열정이라고 다 좋은 게 아니다. 집중해야 하는 일을 방해하는 열정은 없는 편이 낫다. 분별 되지 않은 열정이 삶을 어수선하게 한다는 것을 인정하기까지는 오랜 시간이 걸린다. 시도하게 하는 열정이 아직 사라지지 않았기 때문이다. 우리는 진짜 잘할 수 있는 일을 찾아서 집중하기까지 많은 시행착오와 상처를 겪는다. 언제라도 겸손만이 삶을 지탱시킨다. 지혜를 선택할 수 있는 분별력을 만들어 주는 겸손이 불필요한 고통을 피하게 도와준다.

우리는 서로를 돕는 사람들이지 경쟁자가 아니다. 열정보다 중요한 일은 먼저 내가 할 수 있는 일과 없는 일을 분별하여 한계를 정하는 일이다. 잘할 수 있는 일에 집중하다 보면 하루가 짧다. 매일 끝을 향해 직선으로 쏜살같이 달려가는 시간을 낭비하기엔 짧은 인생에 주어진 풀어보지 못한 선물들이 너무 아깝다.

희망으로 발아된 새싹은 내가 어떤 사람인지 알려준다. 어떤 삶을 살아야 하는지 여린 잎이 알려준다. 어떤 기질의 사람인지, 무엇을 잘하고 무엇을 할 수 없는지, 하면 안 되는 일이 무엇이지를 가르쳐준다. 해진 후 텃밭 정원에 나가서 아침 일찍 심어둔 새싹들을 만져본다. 모체에서 분리된 한 잎 한 잎을 어루만지며 잘 자라라고 속삭인다. 여린 줄기들을 보드라운 흙이 단단하게 붙들어준다. 내가 심고 물을 주지만 키우는 것은 흙이다. 흙이 새싹의 엄마다. 흙에 씨앗과 시들해진 식물을 심어놓으면 흙이 품어서 키운다. 다 죽어가던 식물도 살려낸다. 흙의 일을 나는 할 수 없다. 독립된 새싹은 흙의 품에서 흔들림 없이 뿌리를 내린다. 뿌리를 내린 새싹들은 홀로 서서 한 그루의 나무가 된다. 기다려야 할 시간을 앞당기려 스스로를 고통스럽게 만들지 않는다. 때가 되어 꽃이 피면 열매는 저절로 맺힌다는 것을 알기 때문에 순리대로 산다.

지속되는 어려움과 산만함은 나의 영역이 아닌 일을 내려놓게 하는 도구다. 열정이 끌고 가는 대로 발 빠르게 움직이는 것보다 먼저 할 일은 한계 밖의 일인지 영혼에 유익한 일인지를 먼저 분별하는 것이다. 내면의 에너지로 글을 써야 하는 사람이 과잉행동으로 밖으로 돌아다니면 영혼이 고갈되는 것은 당연한 일이다. 홀로 있어야 채워지는 사람은 사람을 만나면 만날수록 에너지가 고갈된다. 겸손은 나를 아는 것이다. 나를 알면 하면 안 되는 일을 하지 않으므로 고갈된 것은 채워지고 흩어진 것은 결속된다.

겸손을 겸비한 지혜는
나와 주변 사람들의 삶을 평온함으로 이끌어 준다.

용납하는 사랑

내 사랑을 언제나 마음고생. 잘해주지는 못해도 받아들이는 사랑. 나는 돌봄과 친밀함을 경험하지 못한 채 어른이 되었지만, 사랑을 실천하기 위해서 태어난 사람 같이 느껴질 때가 있다. 그래서인지 어려운 사람들을 보면 꼭 나의 처지같이 느껴진다. 도움이 필요한 사람을 보면 외면할 수가 없다. 우선은 할 수 있는 만큼 내가 가지고 있는 것으로 도움을 준다. 내 사랑은 이해와 희생이 주류를 이루는 책임지는 사랑이다. 반듯이 사랑하고야 말리라는 의무감으로 자발적인 사랑을 시작하고 돌려받으려는 마음을 애초부터 두지 않고 사랑한다.

책임감으로 시작한 사랑이라도 진심으로 사랑하고 싶어서, 나에게 사랑을 가르쳐주기 위해 자기의 목숨을 버린 신의 사랑에 기댄다. 절대자로부터 공급받는 사랑. 헤세드의 사랑이 내게로 흘러 들어야 할 수 있는 사랑. 지상에서 사는 동안 아무리 사랑한다고 해도 내게 할당된 사랑의 분량을 채울 수 없을 것이다. 가까이에 있는 사람들 먼저 사랑하리라. 가면을 쓰고는 사랑할 수 없는 사람들부터 사랑하며 나의 사랑을 확장시키리라. 나의 사랑은 발밑을 겨우 비추는 작은 등불 같은 사랑. 소박한 빛으로 주변을 비추는 사랑. 포기하지 않기로 결정해버린, 더디고 미련하고 힘없는 사랑이다. 사랑은 가르치는 게 아니라서 지순한 사랑을 몸소 보여줘야 한다. 비록 부등깃의 날갯짓 같은 사랑일지라도.

타인을 사랑하기 위해 먼저 나를 사랑하신 주님의 사랑을 가슴에 새기고 산다. 사랑하는 일에 있어서만은 후회할 일을 남기고 싶지 않아서다. 가까운 사람들의 어수선한 환경 속으로 뛰어 들어가 나의 고통처럼 기도하고 사랑하며 따뜻한 눈빛으로 바라본다. 사람들이 고통을 벗고 날아오를 때까지, 근원적인 슬픔에서 벗어날 때까지, 자기를 사랑하게 될 때까지, 엄마의 품으로 가까운 사람들 먼저 끌어안는다. 사랑이 삶의 어떤 고통 가운데서도 나를 보호해주었듯이 나도 죽음의 고통과 씨름하고 있는 한 사람의 보호자가 되어 책임지고 기도하며 성장해갈 그의 삶을 기대한다.

붉고 푸른 숲 속에서 91x73cm_Oil on canvas_2021

나무친구 울림

마음이 아파 영혼이 우는 날에는 너를 끌어안고
가만히 너에게만 말하고 싶은 은밀한 나의 이야기를 해
오랜 시간 동안 숨죽여 움츠러든 슬픔이 솟구치는 저녁에는
너를 안고 잠시 그렇게 속으로 울다 보면
나를 사랑한다는 너의 목소리가 들려와

백 년을 몇 번 넘어서 나에게로 온
살아있는 화석나무 나의 친구 울림
비인격적인 말에 노출된 고단하고 슬픈 삶
벗어날 수 없는 메마른 땅에 뿌리 내리지 못한 위태한 생명력
신의 형상이 깨져 조각난 마음으로 서로를 찌르는 사람들
억지로 더 이상 버티고 싶지 않은 갇힌 삶의 끝자락에서
나의 친구 울림이 자늑자늑 나를 위로하며 말했지
살아있으니 괜찮아 네 곁에 내가 고정된 사랑으로 있잖아
지금처럼 네가 살아갈 수 있게 내가 도와줄 게

지금은 괜찮지 않아도 너를 만든 신의 사랑이

너와 같이 있으니 괜찮아

네가 내 곁에 친구로 심어놓은 박꽃이

희디희게 핀 아름다운 유월

오늘도 너는 나에게 와 맛있게 먹으라며

남긴 막걸리를 부어주고

긴 머리 내려오듯 아래로 자라는

깃털 잎과 가지를 잘라주고

골진 나뭇결, 거칠고 빛바랜 갈색 누더기 옷을 벗겨주고

이다음에 숨이 멈추면

내 곁에 묻히고 싶다며 나를 어루만져

너의 고유한 몸짓과 춤사위를 아는 나는

네게 한결같이 부드럽게 속삭여

네가 아직 살고 있는 것은 매일 내려오는

신의 은총 때문이라고

네가 나를 찾아와 양팔로 끌어안고 만지며

슬픔을 이야기할 수 있는 것은

너를 살리기 위해 목숨을 버린 신의 사랑이

나를 너에게 친구로 보낸 거라고.

내가 너의 행복을 위해서 반드시 너를

그분에게 데려다 줄 거라고.

네가 만족하며 살다가 평안히

그분께 돌아가는 모습을 내가 지켜볼 거라고

이해와 사랑으로 친절하게 다가가는 것만이 서로가 가까워질 수 있는 길임을 그 시절을 살아냄으로 배웠다. 결핍과 상실의 계절을 지나온 너와 나. 이제 너는 나에게 그리움이고 나는 너에게 평안이고 고통을 함께 건넌 위로다.

제4부

그 모습 그대로
품에 안고서

모자를 쓴 초상 4   53x45.5cm_Oil on canvas_2021

가까이

서로의 영혼을 끌어안기 위한 간절한 호흡으로

겉치레를 버린 진실 된 말과 눈빛으로

익숙한 편안함으로 서로에게 더 가까이

손상시킬 듯 내리쬐는 강열한 빛을 가려주는 그늘로

등 뒤로 떨어지는 빗방울을 막아서려 펼쳐 든 우산으로

향기마저 따스한 차를 들고 나란히 서서 나누는 대화로

서로에게 기대어 치열한 일조차 가볍게 넘어 고요로

골 깊게 패인 주름에 늦게 찾아든 평안함으로

하루를 마치고 가장 편안한 쉼의 자리 서로의 곁으로

허물도 사랑스럽고 안쓰러운 엄마의 마음으로

같이 웃고 같이 우는 시간만큼 가까워져 유기적 연대로

매일 새로운 시작을 열어주는 연결된 힘으로

같은 공간에 마주 앉아 서로의 마음 더 가까이로

멀어질 때는 내 마음에 사랑을 덧새겨 서로의 곁으로 더 가까이

너와 나

삶의 목적이 다른 우리는 서로 다른 곳을 바라본다. 각자의 시선이 머문 곳에서 시작된 생각은 서로의 마음 곁에서 쉬지 못한다. 자신을 넘어서지 못해 내뱉는 긴 한숨이 밤의 연속처럼 이어져도 언젠가는 같은 곳을 바라볼 너를 놓지 않는다. 질긴 어려움의 시간을 지나는 동안 나는 너를 이해하게 되었고 너도 나를 이해하게 되었다. 너와 잘 지내고 싶어서 하루에 한 번은 너에게 감사한 마음을 표현한다.

정원에 심긴 어린나무도 아름드리나무가 되기 위해서는 살아 있는 동안 줄곧 생가지를 잘라내야 한다. 설익은 사랑도 무르익어 가려면 아린 마음 그대로 묵연하게 서로의 곁에 머물러야 하리라. 너에게 나는 언제나 선구자였다. 언제부턴가 너보다 몇 발 앞서서 걸어야 했다. 나는 너와 산들바람이 불어오는 길을 나란히 걷고 싶었다. 힘들게 내딛는 앞선 걸음을 멈추고 싶을 때가 많았다. 때로는 지쳐 외투를 벗고, 신발도 벗고 싶었다. 너와 내가 서로의 반대편에서 있는 것 같았을 때는 메마른 땅에 선 것 같았다. 삶의 목적이 달라서 마음이 둘로 나뉜 게 얼마나 고통스러운지 말로 한다고 다 알 수 있을까.

너와 나의 갈등은 성향이 너무 다른 데서 비롯된 것이었지 옳고 그름의 문제가 아니었다. 네가 불편하여 말문을 닫으면 세상에 나 홀로 남겨진 것만 같았다. 그럴 때마다 나는 다시 마음을 돌이켜 네가 서 있는 쪽으로 몇 걸음 더 옮겨갔다. 겉도는 너와 나의 마음이 길을 잃을 때면, 나를 변화시킨 사랑을 떠올려 그와 같은 사랑으로 너를 품어보려 신의 심정을 헤아려보았다. 너의 전부를 이해하며 더 깊이 사랑하고 싶어서. 너와 내가 자연스러운 것들을 향유하며 영혼 깊은 사람으로 되어가는 것이 나의 간절한 소원이었다. 영혼의 갈망, 이 간절함은 사랑하고자 애쓰는 시간을 통해 이루어지리라. 해가 더할수록 깊어지는 사랑과 이해의 마음이 너와 나를 지켜 주리라. 거의 빠져나온 것 같은 어두운 길을 벗어나 사랑이 밝혀 놓은 길에 들어서면 인생은 또 얼마나 기쁨으로 충만할까. 너를 향한 마음을 닫고 그저 외면하고 살았더라면 단절된 채로 멈춰버렸을 너와 나. 우리의 숱한 밤이 지나갔다. 화해하지 않고 살면 안 되어서, 화해하고 살아야만 해서, 우리의 불협화음은 서로에게 책임이 있어서, 서로를 부둥켜안고 손을 맞잡고 눈을 맞추며 한 시절을 지났다. 이 시간을 지나오며 불변의 정답도 사람을 변화시킬 수 없다는 것을 배웠다. 이해와 사랑으로 친절하게 다가가는 것만이 서로에게 가까워질 수 있는 길임을 그 시절을 살아냄으로 배웠다.

결핍과 상실의 계절을 지나온 너와 나.

이제 너는 나에게 그리움이고

나는 너에게 평안이고 고통을 함께 건넌 위로다.

곧은길이 될 사람이라서

구부러진 길을 먼저 걷게 된 것은

곧은길이 될 사람이라서 그래

사랑받으며 자라지 못한 것은

호흡이 다 하도록 순전하게 사랑할 사람이라서 그래

슬픔이 먼저 찾아온 것은 슬픔 속에서 너를 찾아서

우는 사람들을 하늘의 언어로 위로하기 위함이야

자꾸만 찾아오는 외로움에 가슴이 시린 것은

너를 만든 신과 함께 걸으면 외롭지 않음을 알려주기 위해서야

네 주변에서 두려움이 어슬렁거리며 너의 길을 가로막는 것은

너를 지켜주고 돌봐주는 신의 손을 잡으면

두렵지 않음을 가르쳐주기 위해서야

예기치 못한 순간에 죽음이 찾아오는 것은

죽음 앞에서도 부끄럽지 않게 지금을 살라는 거야

균형 잡힌 삶

나는 관계에 있어서 태반을 치우치며 살아왔다. 모든 면에 있어서 균형을 잡고 차근차근 행동하는 일이 내게는 너무 버겁기만 했다. 성인이 되어서도 관계는 여전히 어려웠는데, 특히 자기주장이 강하고 강압적인 사람과의 관계에서 더 큰 어려움을 느꼈다. 치우친 관계로 인해 급물살에 휩쓸릴 때가 많았다. 타인과의 관계 속에서 균형을 잡는 일, 때로 냉철하게 끊어내야 하는 일에 있어서는 과하게 괴로워했다. 나의 부족한 지혜로는 가까운 사람들을 어떻게 대해야 하는지 제대로 알 수 없었다. 나에게 있어서 사람 사이에서 균형을 잡는 일은 평생에 걸쳐서 이루어 내야 할 지난한 과제였다. 이 과제는 "태초에 하나님이 천지를 창조하시니라"라는 말씀에 근간을 두고 "하나님께서 나를 만드시고 보시기에 좋았더라."라는 말씀으로 자기 정체성이 확고해진 후에야 제대로 시작할 수 있었다.

유년 시절부터 보육원이라는 집단사회에 홀로 던져져 지금에 이르기까지 숱한 어려움의 시간을 지나왔다. 관계 속에서 균형을 잡는 법은, 지천명이 가까웠을 때에야 비로소 몸소 터득할 수 있었다. 지금까지 나를 두르고 있던 안개처럼 흩어질 어려움들이 옅어져 갔다. 나를 보호해주는 동시에 가둬두었던, 살게 하면서 소외시켰던, 생명이 시든 두터운 외피는 떨어져 나가고, 고통의 길에서 변화되어 언제든 새순을 밀어 올릴 준비가 된 나는 깊은 땅속에서 움이 터서 지면을 뚫고 얼굴을 내밀었다. 나는 건강한 영혼으로 살기 위해서 쉰이 다 되도록 나를 찾았다. 마침내 나를 찾았고 앞으로 무엇을 하면서 어떻게 살아야 하는지 분명하게 알게 되었다.

균형 잡힌 삶은 쉽게 흔들리지 않지만, 내면의 질서가 깨진 삶은 흔들림으로 고통을 당한다. 어떤 누구라도 자신의 삶을 갈등으로 밀어 넣고 싶은 사람은 없을 것이다. 한 사람이 건강한 정신으로 살아갈 수 있는 것은 최고의 축복이다. 마음이 건강한 사람으로 살아가기까지는 주변 환경과 나를 둘러싼 사람들이 지대한 역할을 한다. 그 중심에는 언제나 건강한 부모의 역할이 있다. 어려서부터 어둠의 사각지대에서 자란 사람은 스스로를 어긋난 삶으로 밀어 넣기도 한다. 오랜 시간에 거쳐 어긋난 길로 들어선 삶을 변화시키는 일은 참으로 어렵고 고통스러우며 오랜 시간이 걸린다. 균형을 잃은 삶은 지나치게 밝은 모습으로 나타나기도 하고 반대로 지나치게 우울한 모습으로 나타나기도 한다. 삶도 사람도 단순하지 않듯 어떤 사람의 일부의 밝음이 삶의 전체모습일 수 없다. 밝음의 뒷면 어둡게만 보이는 부분도 일부 드러난 한 단면일 뿐이다.

나는 많은 시간을 어리석음으로 채운 후에야 균형 잡힌 삶을 살 수 있게 되었다. 지금도 삶은 여전히 어렵지만, 마음을 산만하게 부추기는 헛된 열망들이 정리되었다. 이제야 나는 내 삶이 안전함을 느낀다. 필요 이상으로 발달된 것들과 필요 이상으로 높아지고 낮아진 것들이 모두 균형이 잡혔을 때 비로소 나의 삶은 고요하여 쉴 수 있었다.

결국 모든 사람이 궁극적으로 도달해야 하는 삶.
자신을 찾고 사명을 발견한 사람만이 살 수 있는 삶.
고요하지만 외롭지 않은 평안이
사는 날 동안 지속되는 삶이다.

모자를 쓴 초상   53x45.5cm_Oil on canvas_2021

네 남자의 장례식

칠십도 못 산 남자 그리 빨리 떠날 줄 누가 알았으랴

보릿고개 넘느라 고되었던 삶 편히 쉬지도 못했는데

죽기 전에 보고 싶었던 아기 천사의 손을 꼭 잡고 눈을 감았네

태어나 처음 보았던 세상이 그에게서 닫히고

주님이 두 팔 벌리고 기다리는 천국에 들어갔네

아직은 따뜻하고 뽀얀 얼굴을 손으로 어루만졌지

그가 살아낸 삶이 그의 평온한 얼굴을 거쳐

거친 손 주름 사이로 지나는

검붉은 핏줄로 내려와 마지막 가는 길에 인사를 하네

단둘이 집으로 돌아가는 차 안

온기가 날아가는 창백한 그의 손위에 내 손에 포개고

마지막이 될 그의 모습을 모두 기억하며

굵은 눈물을 손등 위에 뜨겁게 떨군다

그 순간이 그와 단둘이 있을 지상에서의 마지막 밤이었지

밝음과 평온함이 감도는 얼굴로 한 남자는 잠이 들었어

심성이 곱고 눈이 유독 예뻤던 남자

마흔의 문턱을 넘지 못하고 모조리 태워버릴 듯 내리쬐는

강렬한 계절에 떠났지 몸 고생으로는 생계를 유지하고

마음고생으로 한평생 맏이 역할을 했던 남자

좋았던 솜씨로 지어 올린 건축물은

그보다 수명이 길어 아직도 건장한데

그 남자만 일찍 떠나서 두고두고 아린 슬픔으로 되살아나

기쁜 일이 있을 때마다 그리움과 아쉬움이

내뱉는 탄식으로 되살아나

떠나온 고향에 다시 돌아갈 수 없었던 남자

가족들과 생이별하던 날이 마지막일 줄 몰랐어

살기 위해 칠흑 같은 어둠 속에서 검은 연료를 캐내며

밝아져만 가는 은발과 굽어 휘어진 삶을 남겨두고 떠나던 날

솜사탕 같은 흰 눈이 고요히 내려 어둠 속에서 삶을 캐내던

그의 마지막 가는 길을 흰빛이 밝혀주었지

살아있을 때는 검은 물 위를 저벅저벅 걸어

검은 가루를 뒤집어쓰고 살았지만

삶이 다하였을 때는 저편에서 내려준

흰 눈을 덮고 안식에 들어갔지

오월의 들판에서 자라는 작은 나무 같았던 소년이 있었어

웃는 모습으로 안겨 오던 미소가 유난히 예뻤던 아이였지

푸름을 밟고 뛰어놀던 곳에서

다시는 만날 수 없는 곳으로 멀어졌지

평생을 두고 그리워할 이들의 가슴에 심겨서

온갖 꽃들이 우아한 천국을 지상에 만들었을 때

소년은 물속에 잠겨 피지 못한 한 송이 꽃으로 이 세상을 떠났어

같은 해 별이 된 네 명의 남자들이 내 가슴으로 내려와 살지

모자를 쓴 초상   53x45.5cm_Oil on canvas_2022

덜 아픈 사람이 더 아픈 사람을
돌봐주는 거야

한 사람이 태어나 어울려 살아가기 위해서는 관계 맺는 법을 배워야 한다. 평안한 삶은 곧 관계를 원활히 맺는 것에서 주어지는 선물이기에 더욱 그렇다. 가족 간의 사랑과 갈등은 한 사람의 인격을 훈련하기에 가장 적합하다. 타인과의 관계의 고통에서 벗어날 수 없다면 최후에는 돌아서 버리면 그만이다. 누구든지 그렇게 해서라도 자신을 지켜야 하니까. 그러나 가족 사이에서 발생하는 고통은 외면한다고 해결될 일이 아니다. 개인이 사회의 일원으로 살기 위해서는 반드시 관계 안에서 인격의 성장을 이루어야 한다. 어느 집이나 가장 아끼고 사랑해야 할 가족들 사이에서 대립과 충돌이 일어난다. 당장 해결할 수 없는 가족 문제는 대부분 기다리는 수밖에 답이 없다.

관계의 가장 기본인 부모와 자녀와의 관계. 자녀들에게 사랑과 신뢰로 관계 맺는 법을 가르치려면 부모가 먼저 서로를 사랑하고 신뢰하는 삶을 보여줘야 한다. 그런 후에 부모는 아이들이 언제든지 파고들 수 있게끔 품이 되어 주면 된다. 그러면 아이들은 서로 우애 있게 지내면서 자연스럽게 고통 가운데 있는 사람들에게 품이 되어줄 것이다. 부모가 쉼 그늘이 되어주면 아이들도 누군가의 쉼 그늘이 되어준다. 부모가 먼저 본받을만한 삶을 살아서 자녀들이 서로 연대하며 살아갈 수 있게 서로의 관계를 이어주어야 한다. 아이들이 가족을 넘어 타인에게 다가갈 때 사랑과 친절한 마음으로 다가갈 수 있도록 삶으로 보여줘야 한다. 아이들의 고통은 부모의 고통이다. 가족은 운명공동체라서 가족 중에 한사람의 마음에 햇빛이 들지 않으면 다 같이 흐려진다. 불을 켜지 않은 상태로 북쪽에 위치한 서재에 앉아 있을 때 이런 종류의 빛을 경험한다. 가족 중에 한사람이 고통스러우면 희미한 빛마저도 점적되어 들어오는 빛처럼 매일이 어둡다.

서로를 지탱시켜 존재케 하는 가족들이 변화되기 위해 갈등이 시작되면 집안 분위기는 한없이 낮게 내려앉는다. 이 어둠이 버거울 때 나는 텃밭 정원으로 내려가서 돌보는 식물들이 평안하게 자라는 모습을 보며 작은 풀을 뽑는다. 한참을 살아있는 것들의 속삭임을 듣고 만지며 가만히 쭈그리고 앉아있다. 선한 역할로 창조된 것들은 서로를 일으켜 세워줄 생명을 머금고 있다. 이 생명은 우리가 끝끝내 살아가도록 도와주고 서로의 곁으로 이끌어준다. 작은 새들의 노래 소리가 흐린 빛이 아름다운 고방유리 너머로 들려온다. 새들이 노래하며 살듯이 우리도 노래하며 살라 한다. 작은 새는 블루베리 나무 위에 곡선을 그리며 내려앉았다. 잘 익어 검은 빛을 띠는 작고 통통한 열매 한 개를 물고 가벼이 날아오른다. 블루베리를 먹기 위해 나무를 찾아오는 새들을 하염없이 바라보고 있으니 고통이 가벼워진다.

살아있는 것들은 그 생명을 유지하기 위해서 저마다의 어려움을 받아들인다. 오래전에 잉태된 가족들의 갈등이 해결되려고 수면 위로 떠오른 것이다. 나는 슬픔으로 잔물져오는 생각을 분산시키기 위해 아무 생각 없이 텃밭의 풀을 뽑고 꽃에게 말을 건다. 굳은 땅을 꽃삽으로 파서 뒤집다가 지렁이를 보고 기겁해서 놀란다. 매일 뙤약볕에 데쳐진 것 같이 힘이 없는 상추는 꼭 지금의 내 마음 같다. 여린 잎은 타죽지 않고 해가 넘어가면 매일 다시 살아난다. 내 마음도 뙤약볕이 비껴가면 다시 일어설 것이다.

한 사람이 제 모습을 찾아가는 과정 중에는 필연 고통이 뒤따른다. 성장하기 위한 고통은 당연한 것이라고 덤덤히 받아들이지만, 사랑은 여전히 아프다. 살아내기 위해 어려움을 이겨내야 하는 오랜 습관처럼. 우리는 가족이라는 울타리 안에서 최선의 이해와 배려를 배운다. 변덕스럽고 검질긴 현실에 맞서며 어려움을 헤쳐 나가느라 힘을 모은다. 잘 되지 않아도 시간이 도와줄 것을 믿고 '덜 아픈 사람이 더 아픈 사람을' 돌봐준다. 사랑하기에 이기려 하지 않고 날선 마음이 좀 더 편안해지기를 기다려준다. 이 시간에는 핏빛 생명이 서로의 마음을 갈아엎어 가족 모두가 같이 아프다.

북유럽 소설 '보이지 않는 것들'을 읽고 특별할 게 없는 삶도 문학이 되면 얼마나 아름다운지 새삼 느꼈다. 섬이라는 척박한 환경에 맞서며 살아가는 가족들. 특별할 것도 없고 동경할 만한 삶도 아닌, 작은 기쁨과 어려움으로 점철된 보잘것없어 보이는 삶이지만, 오히려 압도되는 감동으로 다가왔다. 고달프고 거친 인생을 글로 쓰니 고귀하고 품위 있는 인생으로 전환되었다. 흔들려도 역경에 맞서며 살아낸 삶이 주는 감격, 살아있음의 충만함은 책을 덮고 나서 더 깊은 울림으로 다가왔다. 동경할 만한 것 하나 없이 지루하게 반복되는 척박한 섬의 일상이 문장이 되니 더없이 아름다웠다. 주어진 환경에 적응하면서 오롯이 현재에 존재하는 삶에는 아름다움과 위대함이 품겨져있다. 평범하고 고달프지만 여전히 아름다운 삶은 새롭게 우리를 찾아온다. 우리는 가족이라는 근원적인 테두리 안에서 고유한 자신이 되어 연대하며 살기 위해 더 많이 이해하고 사랑하는 법을 가족들 사이에서 배워야 한다.

돌아올 곳이 되어 주고 싶어

아버지와 단둘이 살던 한 아이가 있었다. 아버지는 겉으로 보기에는 좀 약해 보이는 부분들이 있었지만, 아이에게는 한없이 좋은 아버지였다. 그 아이가 사춘기가 시작되었을 즈음 급작스럽게 아버지가 돌아가셨다. 아이는 아버지가 떠나기 얼마 전에 사준 어린 강아지와 단둘이 남겨졌다. 어린 강아지는 아버지가 남겨준 소중한 유산이 되었다. 아버지가 돌아가시자 아이는 강아지를 키울 수 없었다. 마음씨 좋은 지인이 대신 맡아서 강아지를 키워주었고 보호자를 자처하였다. 아이가 독립하여 강아지를 키울 수 있을 때까지 키워주기로 했다. 그분은 아이에게 강아지가 보고 싶으면 언제든 강아지와 놀다 가라고 집 비밀번호도 알려주었다. 혼자 된 아이 곁에는 관심과 사랑으로 돌봐주는 좋은 사람들이 많이 있었다. 아버지가 떠난 후 소녀는 사랑과 고독과 슬픔 속에서 자랐다. 유산으로 남겨준 강아지도 소녀 곁에서 성견이 되었다. 강아지는 외로운 아이 곁에서 아빠와 연결해주는 따뜻한 체온이 되었다. 강아지는 아빠가 떠난 빈자리를 채워주는 위로였고 탯줄이었고 숨결이었다. 소녀와 세상을 연결하는 끈이었고 단 하나뿐인 작고 보드라운 가족이었다.

초등학교 때부터 조숙했던 아이와 나는 친구처럼 지냈다. 이 다음에 무엇이 되어야 할지 장래 일에 대해서 말할 때면 우린 희망에 부풀었다. 이야기를 나누는 동안 미래에 대한 설렘으로 우리의 눈동자는 더욱 반짝거렸다. 우리는 웃으며 서로를 바라보았다.

그때 우리는 미용을 배우는 고등학교에 진학해서 미용사가 되면 좋겠다는 이야기를 자주 나누었다. 무엇보다 기술이 있으면 살아갈 수 있으니 걱정하지 않아도 될 것 같았다. 아이에게는 미용이 딱 맞는 일이라는 확신도 들었다. 그때도 아이는 머리 만지는 것을 좋아해서 동네 아이들의 머리를 만져주곤 했다. 아이가 힘들었던 시절 손을 맞잡고 때로는 끌어안고 같이 울었다. 어느 겨울에는 아이에게 겨울옷을 사 입히고 호떡을 나누어 먹었다. 치킨과 피자를 같이 먹고 꽃분홍색 표지의 작고 도톰한 책을 선물하기도 했다. 이렇게 친구처럼 지내던 아이와 나는 헤어지게 되었다. 그 아이의 아버지가 갑작스럽게 돌아가신 지 얼마 지나지 않았을 때였다.

내 마음에 자리 잡은 아이는 늘 가슴에서 밟혔다. 얼굴을 보지 못하고 소식을 듣지 못해도 한 번도 내 마음에서 떠난 적이 없었다. 걱정과 그리움으로 지내던 어느 날 아이가 나를 찾아왔다. 아이를 다시 만났을 때 심장은 제멋대로 뛰었고 진정이 되지 않았다. 아이는 어엿한 미용사가 되어 독립해서 살고 있다고 말했다. 자기가 벌어서 저축한 돈으로 전셋집도 얻었다. 아이와 강아지는 세상에서 가장 행복한 보금자리를 마련하여 한없이 행복했다. 아이는 강아지와 함께 살게 되면서 못다 한 사랑을 강아지에게 퍼붓는 것 같았다. 나는 아이와 헤어진 후로 힘든 시간을 함께 있어 주지 못한 미안함과 그리운 마음으로 살았다. 하루도 아이를 잊고 지낸 날이 없었다.

아이를 다시 만난 건 헤어지고 4년이 지난 어느 늦가을이었다. 나에게 있어서 아이를 다시 만난 일은 마음을 짓누르던 무거운 책임감에서 자유로워지는 일이었다. 중학교 때도 키가 컸던 아이는 머리색만 밝은 갈색으로 바뀌었을 뿐 외모는 크게 달라지지 않은 예전 모습 그대로였다. 시간이 지나 다시 만났는데도 우리는 조금도 어색하지 않았다. 우리가 만나던 날 아이는 맨투맨 티셔츠에 가방도 없이 캔버스 운동화를 신고 있었다. 휴대폰은 손에 덜렁 든 채였다. 아이가 정한 메뉴로 밥을 먹고 달콤한 디저트도 나누어 먹으면서 오래도록 수다를 떨었다. 아이를 만나고 나서 나는 하나님께 지금까지 아이를 돌봐주셔서 감사하다고 눈물의 기도를 올려드렸다. 하나님의 보호하심과 보살핌 아래서 잘 자란 아이를 보니 진심으로 감사했고 안심이 되었다. 그 후로 아이에게 미안했던 마음과 걱정스러웠던 마음을 조금은 내려놓을 수 있었다. 아이를 만나고 나니 이제는 걱정보다 감사한 마음이 더 커졌다. 그 뒤로 한 달에 한 번은 주기적으로 만났다. 만날 때마다 아이는 이런저런 힘든 이야기를 했다. 나는 아이보다 훨씬 더 어릴 적에 비슷한 고통들을 겪어 봐서 그 마음을 이해할 수 있었다. 내가 겪은 슬픔으로 아이의 슬픔을 위로할 수 있어서 좋았다. 아이를 만날 때마다 감사와 깊은 안도감이 들어서 하나님의 은총에 더 감사하게 되었다.

아이는 스무 살, 성인이 되었는데 나에게는 아직 돌봐줘야 할 아이 같았다. 우린 한 달에 한 번씩 만나서 같이 점심을 먹었다. 점심을 먹고 나서 아이는 저를 닮은 귀엽고 깜찍한 단발머리 소녀를 나의 독서 노트에 그려주었다. 그림 옆에 분홍색 하트를 그려주고 글귀도 써주었다. 코로나가 빨리 사라지고 행복한 세상이 다시 돌아오길 염원하는 글이었다. 그리고 다음 장에는 아픈 사람이 치유되길 바라는 소망이 담긴 글도 적어주었다.

어른들도 자기가 힘들었던 과거의 시간을 숨기기에 급급한데 아이는 지인들이 부모에 대해 물으면 자기 이야기를 당당하게 말한다고 했다. 열심히 살아온 자신이 자랑스럽고 지난 시간이 부끄럽지 않다고 말했다. 나는 홀로 서고 있는 이 기특한 아이의 친구가 되어주고 싶고, 슬픈 눈빛을 그대로 바라봐 주고 싶고, 슬픔을 날려버리는 햇살이고 싶고, 돌아올 곳이 되어 주고 싶다. 아이가 가는 길에 아낌없는 지지를 보내며 약한 사람들을 도와주고 싶다는 그의 꿈을 꽃피우도록 거들어주며 모든 순간 함께하고 싶다.

아이가 갖고 싶어 하는 딸의 유화 그림 포스터 몇 장을 선물로 주고 가는 길을 배웅했다. 아이가 돌아간 후 산책로를 따라 걸었다. 간밤에 세차게 내린 빗방울의 흔적이 작은 동그라미의 연속으로 흙에 돋을 새겨져 있었다. 등 뒤에서 불어오는 바람을 등지고 한참을 같은 자리에 서서 개천을 바라보았다. 바람은 지나며 물 위에 비친 내 그림자를 흔들었고 나는 생각을 정리하는 중이었다. 맑고 깨끗한 하늘과 진초록빛 잎들이 마주 흔들리는 오후, 내 마음은 한없이 고요했다. 일상은 곁가지들로 태풍이 지나간 것처럼 어수선해도 사랑으로 중심이 잡힌 내 마음은 한없이 평안하다. 나의 그림자마저 오롯이 아름답게 느껴지는 그런 평화로운 바람이 부는 오후였다.

장미와 버터플라이 53x41cm_Oil on canvas_2022

말문

이해와 공감이 닫혀있던 마음을 열어주면

마음 문 앞에서 잠자고 있던 말들이 쏟아져 나온다.

갇혀있던 말들은 마주 앉아 듣고 있는 사람 앞에서 날개를 펴

빠르게 뻗어나갈 방향으로 날아가 상처를 치유한다.

말은 어디로 날아가 어떤 목적을 이루어야 할지를 안다.

봇물 터지듯 터져 나온 말은 먼저 말하는 사람을 위로하고

말로 풀어놓은 희로애락을 객관적으로 정리하기 시작한다.

고귀한 고유성을 알아봐 주는 사람을 만나면

묵혀있던 말들은 숨을 쉬고

막혀있던 말은 술술 풀려나 슬픔을 쥐고 날아간다.

억눌렸던 것들과 억울했던 것들은 희석되고

마음이 열려 밖으로 나온 무수한 말은 각각의 의미를 찾는다.

옴죽거리며 안으로만 쌓였던 태산 같은 말이 터져 나오면

켜켜이 쌓여있던 어둠을 날려버리고 새로운 삶의 길로 이끌어간다.

마음이 닫혀 말문이 막히면 일상은 생기를 잃고
말문이 막혀 안으로 움츠러든 말은 글이 된다.
사방이 막혀 말이 관계 사이로 들어가지 못하면
삶은 안으로만 움츠러들어 밖으로 나가려 하지 않는다.
말이 갈 곳을 잃으면 상처로 얼어붙은 마음은
언제 열릴지 알 수 없다.

말이 갈 곳을 잃으면 스스로 살아남기 위해 노래가 되고
홀로 서서 부르는 노랫말은 스스로를 위로한다.
목청 높여 부르는 노래에 마음을 쏟아내면
말의 결이 부드러워져
홀로 부르는 노래 속에서 머무를 곳을 찾는다.
말문을 열어주는 사람 앞에 서면 말은 한여름의 소나기처럼
말하는 사람을 시원하게 하고 억눌려 있던 말도
공감과 이해로 쉼을 얻는다.
누구라도 말문이 막힐 때 노래를 부르면 노래가 곧 말이 되어
어려운 시절을 노래에 의지해 건너가게 된다.
노래는 오랜 세월을 거쳐 굳어지고 주름진 영혼을 활짝 펴
삶으로 날아오르도록 말문을 열어서
진실 된 관계 속에서 사람답게 살게 도와준다.

불완전한 모습 그대로

우리가 이 세상에 태어난 것은 우연이 아니다. 이것을 알든 모르든 우리는 하나님 앞에서 존재가 증명되어 세상에 태어난 사람들이다. 하나님은 우리를 완전한 모습으로 만들었다. 그러나 인간은 완전하게 창조된 자신을 불완전한 사람이라고 생각했다. 이 잘못된 생각이 사람으로 하여금 끝도 없이 자신을 증명하는 일을 하도록 만들었다. 그렇게 살면서도 인간은 자기가 자신의 내면을 짓밟고 있다는 것을 모른다. 자신을 증명하기 위한 삶은 자신이 주체가 되지 못한 타인 위주의 삶이다. 나는 그냥 나이면 되는 것이다. 나를 비롯하여 타인에게 아무것도 증명할 필요가 없다. 불완전하다고 느끼는 모습 그대로 내가 되면 된다. 그러면 나와 관계된 모든 것들을 제자리를 찾아간다. 이것이 창조의 질서다.

꽃도 제시간만큼의 아름다움을 부여받아 창조되었다. 그러나 사람에게는 그 시간이 짧게 느껴졌다. 그들은 자신의 생각대로 꽃의 시간을 늘려주었다. 생명이 없는 인공의 시간을 꽃에게 가져다

주었다. 꽃은 부여받은 제시간에는 향기로웠지만, 인위적으로 만들어진 시간에는 향기가 없었다. 사람들은 꽃의 아름다움을 붙들어 보려고 시들지 않는 꽃을 만들었다. 시들지 않는 아름다움에는 마음을 잡아끄는 힘이 없다. 꽃은 그 수명이 다하면 시드는 게 완전함의 이행인 것이다. 죽은 것에는 향기가 없다. 향기로움은 살아있는 것들 사이에서 번져나가니까 꾸며진 것으로는 아름다움에 닿을 수 없다. 순리를 역행하지 않으면서 그 안에서 역동하는 것들에는 우리의 삶을 앞으로 나가게 하는 힘이 있다. 하나님이 탄생시킨 생명은 언제나 우리를 더 나은 삶으로 옮겨가게 한다. 불완전한 모습 그대로 도망치지 않고 고통 곁에 머무는 사랑이 있다. 고통으로 뛰어들지언정 부자유한 삶의 곁을 떠나지 않는 사랑. 원하는 마음만큼 잘해주지 못해도 그 자리에 뿌리를 내린 흔들리지 않는 사랑. 궁핍을 해결해 줄 수 없어도 자신을 내어주는 사랑. 죽음으로서 인류를 살리는 예수를 닮은 사랑. 내리누르는 압력을 정신과 육체로 받아내며 여일한 의지로 머무는 사랑. 사람에 대한 예의를 갖춰 시작과 끝을 책임지는 사랑. 불완전한 모습 그대로 나와 이웃을 사랑할 줄 아는 사랑에는 하늘과 땅의 빛의 경계가 허물어진 조화로운 빛이 담겨있다. 불완전하더라도 고유한 나의 모습으로 살면 일찍 시들어도 아름답지만, 나로 살지 못하면 푸르러도 시든 것과 같다.

슬픈 날에는 노래를 불러

　살다가 지쳐 슬픔이 섞여 있는 고독이 차오르면 노래를 불러. 보통은 자연스럽게 입 밖으로 터져 나오는 노래를 부르는데, 마음이 힘든 날이면 내 마음을 대변해 줄 수 있는 가사의 노래를 선곡해서 불러. 노래는 주로 가사 위주로 부르는 편이야. 노래가 고독한 마음을 어루만져주면 마음이 한결 편안해지거든. 고독할 때 터져 나오는 노래 가사에는 내가 하고 싶은 말이 담겨있고 살고 싶은 삶이 담겨있어. 그래서 고독할 때면 내 안의 소망으로 노래를 불러. 슬픈 빛이 착색되어 있는 고독이 노래가 되고 글이 되잖아. 그렇게 태어난 노래와 글이 슬픈 가슴을 위로하지. 감사로 노래하면 지금의 모습 그대로 만족하며 나 자신으로 살게 돼. 매일 하는 식사 준비도 즐겁게 할 수 있게 되고. 나는 주로 싱크대 앞에서 노래를 불러. 노래하면 한계를 느끼는 일에도 지치고 않고 즐겁게 할 수 있게 돼. 슬픈 날에 노래를 부르면 곁에 있는 소중한 것들에 감사하는 마음이 새롭게 되살아나.

노래하며 지은 밥을 나누어 먹고 나면 고민하고 갈등하던 문제에 대한 깨달음을 서로 나누지. 대화를 나누다보면 문제의 본질을 알게 되고 그 문제는 해결이 되거나 가벼워져. 말로 내뱉는 순간 문제는 부정적인 힘을 잃게 되고 우리는 그 문제를 통해 성숙하게 돼. 대화가 감격 속에서 물 흐르듯이 자연스럽게 흐르며 문제의 핵심을 깨닫게 해줘. 놀라운 일을 깨닫고 나면 우린 하나님께 감사하지. 일상에 부어진 신적 은총으로 그간 경직되었던 생각과 태도가 부드러워져 우리는 서로에게 더 긴밀하게 연결되지. 깨달음이 본질에 연결되면서 고통스럽던 문제로부터 또 한 번의 고비를 넘어가는 순간이야.

노래를 부르면 내 안에 소망이 힘이 생겨. 일상을 지탱하게 하는 소망이 오늘을 살게 하고 내일을 기대하게 해. 소망은 사람과 사람을 연결시켜 관계를 지속시켜주고 서로의 삶을 윤택하게 만들어주지. 소망은 나의 일생을 이끌어 가장 좋은 것을 발견하게 도와주고 마침내 고유한 나를 찾게 해 주었어. 그래서 나는 슬플 때 노래를 불러 그러면 내 안에 있는 소망이 힘든 순간을 넘어가게 도와주니까.

시들기에 아름다운

아름다움이 다 하면 시들어야 하기에 더 예쁘게 태어났는데
시들지 않게 된 순간부터 예쁨도 향기도 잃어버렸네
꽃은 자기의 시간에 피어 향기를 남기고 갈 준비를 마쳤는데
억지 욕심과 인위적인 것들이 순리를 거슬러
꽃은 제시간만큼 존재하고 향기로 남겨질 시간을 빼앗겼네

우리는 흐물거리는 모습 그대로 아름답고
타고난 본연의 모습 그대로 찬란하네
강하고 완벽한 것들 뒤에 자신을 숨기면 누구인지 알 수 없어라
타고난 대로 활짝 피어나야 인생 말년 마음 편히 시들 수 있으리

시들지 않는 꽃에 생명이 없음을 자각한 날
향기도 없으면서 시들지 않고
생명도 없으면서 영원히 사느니
순간이라도 나답게 살고 순리대로 죽고 싶어라

시들기에 더욱 아름다우니 지금 사라져도 될 헛된 욕망을 버리고

유한한 시간을 채우는 공허한 소리는 그치고

마음 한 자락도 붙들어 일으킬 수 없는 자만을 멀리하고

시들어야 할 것들에 자유를 주어 시들게 두고

내게 주어진 귀중한 가치는 확실하게 붙잡아

누구의 길도 아닌 나의 길을 가리라

때에 맞춰 시들어서 더 아름다운 나의 길을

꽃과 암초   117x91cm_Oil on canvas_2021

심연의 숲

심연은 숲과 같다. 그 숲에서는 기쁨의 열매와 슬픔의 가시들이 고귀한 가치로 품어져 있다. 어떤 사람은 가시덤불로 뒤덮인 숲에서 자신을 잃어버린다. 자신을 잃어버린 마음의 숲은 불량림이 되어간다. 생산성이 낮고 효용가치가 없어지면 모두 사라져야 하는 걸까. 홀로 존재할 수 없는, 의존해야만 살아갈 수 있는 것들도 분명한 존재의 목적이 있다. 숲을 만들 때 사람들은 의도와 목적을 가지고 단일수종을 심어 단순림으로 조성하려고 했다. 숲이 처음에 만들어질 때는 순림으로 만들고자 계획했으나 숲은 서로 섞어버렸다. 숲속에 살아있는 생명들은 숲을 흩어 편만한 혼효림으로 만들었다. 사람 숲에서 우리의 심연도 서로 뒤섞여 혼재하다.

사람이 태어나서 유익을 주지 못해도 살아있는 것만으로 아름다울 순 없을까. 유익한 것들과 무익해 보이는 것들 사이에서 우리도 이만큼 살아왔으니. 세상이 창조의 다스림 안에서 유지되고 있는 것을 보면, 사라졌으면 하는 것들도 분명히 존재하는 목적이 있을 것이다. 처음부터 경계가 정해진 것들이 질서 안에서 그 경계를 넘어가지 않고 자리를 지키듯이 우주 만물은 질서 안에서 유지된다.

가치 높은 것들로만 삶이 조성되면 재해를 만났을 때 저항성이 약하다. 볼품없는 나무는 휘황한 것들 사이에서 꼬부라진 모습으로 자란다. 구부러진 것들에도 소망이 깃들어있다. 소망은 미천한 것들 위에서 더 선명하게 빛난다. 잡목으로 어우러져 숲을 이루었다가 땔감이 되어도 그 역시 아름다운 끝맺음인 것이다. 햇빛이 들지 않는 가시덤불 사이에서도 어린나무가 자라듯 우리도 다양한 사람들의 숲에서 자란다. 선과 악이 섞여 잡목이 우거진 숲의 가시덤불처럼 앞으로 가는 길을 막아도 매 순간 심연의 숲에서 들려오는 소리를 듣고 삶의 방향을 정한다. 모호한 시간 속에서 현재를 살 뿐 그 숲 너머를 알 수 없지만.

생명을 키우는 숲은 잡목림이어도 충분히 아름답다. 숲은 스스로를 정화하며 보존해야 할 것과 도태시켜야 할 것들을 알고 있다. 자연은 치우침 없는 행동과 부여받은 능력으로 숲을 유지시킨다. 숲도 이러할진대 사람은 어떠하랴. 우린 태곳적에 시작된 놀라운 생명의 계획안에서 세상에 존재하기로 확정되었다. 그 계획이 이루어질 때가 되자 신의 형상을 닮은 지금의 나로 태어난 것이다. 이렇게 태어난 우리의 심연은 어떤 환경에서도 살아갈 능력을 갖춘 숲을 닮았다.

처음에 의도되고 계획된 대로 되어졌든 잡목과 가시덤불이 혼재한 혼효림이 되었든 벌채되지 않고 유기체로 생명이 지속되면 되는 것이다. 보존 가치가 있는 천연림 같은 사람은 아니어도, 살아 있는 동안 가치 있는 일에 남은 시간과 힘을 쏟아붓는 사람은 얼마나 아름다운가.

남은 인생을 걸만한 고귀한 가치가
살아 있는 심연의 숲에서
나를 찾아서 오롯이 나로 살아가면 최고의 삶인 것이다.

어른

나는 딸의 심미안과 예술적 감각에 감탄한다. 딸은 그림뿐만 아니라 글을 쓰는 재주도 갖고 태어난 것 같다. 딸은 이렇게 고백한다. "나는 고된 일을 겪어 불순물이 많이 제거된 이들을 좋아한다. 깊이와 통찰력이 있고, 진중하면서 그만큼의 연민도 함께 갖춘 사람. 꿰뚫어 보는 눈이 있음에도 함부로 판단하거나 재단하거나 혐오하지 않는 사람을. 별수 없이 마음이 따뜻하고 과장되지 않고 자연스러운 그런 사람들이 좋다."

나의 딸이자 영혼의 단짝친구인 이도담 작가가 쓴 글처럼 세월이 흐를수록 사람을 더 귀히 여기는 어른이 되고 싶다. 연민을 갖춰 함부로 판단하지 않는. 나와 이웃을 바라보는 따뜻한 마음과 상처가 치유된 사람에게서 나오는 과장되지 않은 말과 행동이 자연스러운 어른이 되고 싶다. 아이들에게 가장 큰 선물은 부모가 계속해서 더 성숙한 어른이 되어가는 것이다. 나는 자녀들에게뿐만 아니라 더 많은 사람에게 위로와 용기를 주는 사람이 되고 싶다. 그러기 위해서 먼저 부모가 사랑하고 존중하며 사는 모습을 자녀들에게 보여주어야 한다. 자녀 곁에서 한발 물러서서 고유하게 타고난 것들을 꽃 피우도록 한없이 지지해주며 물을 주고 볕을 쪼여주되 사랑을 기반으로 한 이해와 친절과 공감으로 대하리라. 성숙한 어른이 되어 꿈을 이루기 위해 열정으로 최선을 다하는 멋진 모습을 보여주리라. 이 땅을 떠나는 날까지 영혼이 깊은 어른으로 살다 가리라.

예민함

기질적으로 매우 민감한 사람은 자신을 잘 안다. 상대방에 대해서도 알려고 하지 않아도 그냥 읽혀진다. 섬세함이 힘든 환경의 영향을 받으면 극단으로 치달아 스스로를 더 괴롭게 만든다. 일상에서 굳이 느끼고 싶지 않은 일들이 모조리 느껴져 감정은 자주 피곤해진다. 어려운 사람들의 처지가 너무 쉽게 읽혀 그냥 있을 수가 없다. 알려고, 보려고, 들으려고 하지 않는 일들이 알아지고 보이고 들려서 마음을 쓰지 않을 수 없다. 어떤 때는 세상의 모든 감정이 나에게 달라붙는 것 같다. 그럴 때면 감정에 대처하느라 일상을 유지하던 섬세한 아름다움이 모두 소진되는 것 같다. 섬세한 사람은 작고 사소한 일에도 쉽게 기뻐한다. 그러나 지나가는 바람 한 자락에도 마음이 흔들린다. 예민한 사람이라 고통도 더 확대되어 느껴진다. 마음은 언제나 긴장 상태다. 예민하지 않은 사람에게는 아무런 문제가 되지 않는 일도 민감한 사람에게는 가혹하게 느껴져 남은 힘을 모아서 마음을 지켜야 한다. 예민한 사람이 원하지 않는 일을 계속해서 억지로 하면 일상을 지탱하기 어려울 만큼 내면에 고통이 쌓인다. 그 고통은 일상을 옥죄어 삶 전체를 흔들고 비튼다. 예민한 사람은 관계에서도 많은 어려움을 겪는다. 둔하면서 무례하게 행동하는 정반대 기질의 사람과 자주 부딪치다 보면 섬세한 사람의 감성은 서서히 죽어간다. 낯선 환경과 거친 촉감과 신경을 자극하는 소음과 냄새에 다른 사람들보다 더 큰 고통을 느낀다.

나는 극도로 민감한 사람이다. 이 민감함은 선천적으로 타고난 것이다. 민감한 사람 중에서도 더 민감한 나는 깊은 잠을 자기 못한다. 일상생활에서도 남들보다 더 큰 스트레스를 받는다. 주중에 한 번 이상 사람을 만나면 마음의 힘이 소진되고 산만하여 집중하기가 어렵다. 열정이 많았던 나는 마흔 중반까지도 스스로를 외향적인 사람인 줄 알고 살아왔다. 그러나 쉰 가까이 되어 뼛속까지 내향적인 사람인 것을 알게 되었다. 나는 사람을 만날수록 오히려 힘이 빠지고 혼자 있으면 힘이 채워진다. 아무리 마음이 맞는 사람을 만나도 혼자 있는 시간이 더 좋다. 혼자 있다고 외롭거나 지루하지 않다. 소리에 유독 민감하여 소음을 견디기 어렵고 악취에도 감정이 상하고 냄새에 체하기도 한다. 걸어갈 때 앞사람이 피운 담배 냄새가 날아오면 숨을 참다가 뛰어서 앞으로 간다. 일상에서 발생하는 거슬리는 소음이란 소음은 모두 들려서 괴로울 때가 있다. 아무리 좋은 소리와 노래도 우선 시끄러우면 좋다고 느끼기 전에 감정부터 상한다. 반대로 나의 섬세한 감성은 좋은 것을 훨씬 더 좋게 느낀다. 좋아하는 향기로 하루 종일 기분이 좋고 사소한 것 하나로도 충분히 만족스럽다. 기쁨과 슬픔을 더 크게 느껴 상대의 슬픔과 기쁨에 진심으로 공감한다. 상대의 기쁨과 슬픔을 나의 일처럼 여긴다. 특별하지 않는 일상생활에서도 많은 깨달음을 얻는다. 자기 객관화와 자기 성찰로 자신이 어떤 사람인지 알게 되니 헛되이 남 탓을 하지 않는다. 자신을 탓하지도 않는다. 지나치게 들뜨거나 고통에 침몰되어 헤어 나오지 못하거나 좋지 않은 마음을 쌓아 두지 않는다. 유형적인 것이든 무형적인 것이든 나를 둘러싼 모든 것들과 교감하며 사는 나는 매일의 삶이 지루할 틈이 없다.

예민한 기질로 삶을 헤쳐 나가기는 아직도 쉽지 않다. 들으려 하지 않아도 들려지고 느껴지는 고통은 측은지심에 반응하는 내 마음에 비집고 들어와 평안을 깨뜨린다. 불안이 때때로 내 곁을 배회한다. 몇 번은 예민한 나의 기질이 버거워 둔감한 사람을 부러워하기도 했다. 그러나 이 예민함이 나로 하여금 본질적인 것에 최우선의 가치를 두고 살게 하는 원동력이 됨을 안다. 나는 이 예민함으로 사람들의 진심 어린 마음과 좋은 점을 본다. 마음으로 사람과 사물을 본다. 타고난 예민함을 선물로 받은 사람이 진실한 마음으로 살지 않으면 내가 나에게 첫 번째 희생자가 된다. 나에게 예민함은 글을 쓰고 책을 읽는 데 있어서 최고의 선물이다. 섬세한 시선이 닿는 곳에는 언제나 도움이 필요한 사람들이 있다. 딱한 처지를 외면하지 못하는 나는 누군가를 마음을 다해 보살피고 싶어서 삶의 영역으로 받아들인다. 그러나 마음처럼 되지 않는다. 끝까지 할 수 없는 일을 시작해놓고 끝맺음을 하지 못했을 때는 큰 좌절감을 느낀다. 변화를 요구하는 일에 대해서도 큰 스트레스를 받는다. 내적 긴장감이 높은 나에게 살아가는 일은 언제나 버티기의 연속이었다. 생경스러운 삶에 조금은 적응했다고 생각했는데 계속되는 어려움은 별것 아닌 일에도 예민하게 반응하게 만든다.

누군가를 책임지려다 보니 감정은 극단을 오갔다. 예민함으로 널뛰는 감정은 수용할 수 있는 적정선을 한참 넘어갔다. 그 시간이 일 년 넘도록 계속되었다. 감정의 소용돌이는 날이 갈수록 거세졌다. 나는 능력 밖의 일에 휘말렸다. 괴로움 끝에 이런 생각이 들었다. 처음부터 할 수 없었던 일이었다고. 마음이 간절했어도 할 수 없는 일이었다고. 행동하고 치워버려야 할 의미 없이 단순한 일들이 모조리 마음으로 스며들어 공황 상태가 된 것이라고. 영혼을 유익하게 하는 더 깊은 것들을 깨닫게 되었으니 오히려 감사하다고. 나의 한계를 알게 되었으니 더 겸손한 모습으로 살아가면 된다고 마음을 세우고 또 세웠다.

은행나무 아래서

　　양지바른 곳에 마주 보고 서 있는 은행나무 두 그루. 나무 아래에 앉아 정겹게 나눈 이야기는 가을빛 추억이 된다. 한 잎도 남김없이 전부를 떨어뜨린 빈 몸. 골격만으로 우뚝 선 나무는 언제보아도 의연한 모습이다. 앙상함이 초라하게 보이지 않고 더 굳세게 보이는 은행나무를 올려다보고 있노라면 잔잔한 감동이 내면으로부터 솟구친다. 땅을 덮고 있는 샛노란 부채모양 잎을 바라보자니 내 마음에도 어느새 짙은 노랑이 물든다. 해가 지는데 은행나무가 진설해 놓은 잔치를 즐기느라 집으로 돌아가고 싶지 않다. 나무를 마주 보며 가만히 서 있으니 처음 느끼는 경이로움이 나를 감싼다. 나무가 나에게 말을 걸었고 나는 그 목소리를 들었다. '잘 왔어 내 곁에서 쉬어가렴.'

　　하늘에 닿을 듯 치솟은 은행나무를 마주 보며 가만히 앉아있으니 나무가 내 마음으로 들어왔다. 등 뒤에서 단단히 버티고 서 있는 나무도 나를 바라보고 있는 것 같다. 나는 앞에 있는 나무를 올려다본다. 가지 사이로 조화롭게 드리워진 하늘, 고독한 사람이 나무의 속삭임을 듣는다. 순응과 의연함을 가르쳐주는 나무의 진솔한 이야기를.

어느 날 문득 내가 너에게 찾아오면 알아봐줘

등 뒤에서 배경이 되어주고 앞에서면 손도 흔들어줘

삶과 죽음의 경계가 희미해질 때면

삶을 선택할 수 있게 나를 안아줘

뼈가 마르는 것 같은 고통이 오래 지속될 때면

소망을 잃지 않게 도와줘

신의 성품을 닮아 사람을 물건처럼 효용가치로 대하지 않게 해줘

생명을 소생시키는 호흡으로 내가 알아들을 수 있게 속삭여줘

사랑의 단비로 내 영혼에 내려와 따뜻한 품이 되어줘

너의 아름다운 빛을 나에게도 물들여줘

은빛 살구를 주렁주렁 맺는 너처럼 나도 열매 맺게 해줘

허물어져 사러져 갈 것들에 마음 쓰지 않게 해줘

내가 사랑하는 그분이 없는 것 같이 느껴지면

영원한 그 사랑을 일깨워줘

평안하게 죽기 위해 너의 곁에서 나를 찾아 살게 해줘

살아서 고통이었던 사람도 그가 떠날 때는 진심으로 애도하게 해줘

30년을 기다려 열매를 맺은 공손한 나무라 그런지 은행나무의 기품이 절로 느껴졌다. 저항성이 커 잘 자라 천년을 넘게 사는 나무 앞에 서니 용기가 생겼다. 힘을 잃고 앉아있는 나에게 언제나 해줄 말이 있을 것 같은 나무. 세로로 깊게 패여 굴곡진 외피에 도는 검은 빛의 나무는 더 강인하게 보였다. 긴 가지와 짧은 가지는 하늘을 향해 무수히 손을 든 나의 모습 같았다. 나뭇잎을 모두 떠나보내고 검회색 빛이 된 나무. 발밑에 수북하게 쌓인 샛노란 색의 잎이 없었다면 은행나무를 몰라봤을 것이다.

　　늦은 오후 늦가을과 초겨울의 접경이 오색 낙엽으로 인해 천상의 빛이 내려온 듯 아름다웠다. 뿌리를 깊이 내리고 같은 자리에서 우뚝 솟아있는 은행나무는 이듬해 열매 맺을 것을 걱정하지 않는다. 악취 나는 열매쯤은 신경 쓰지 않는다. 때가 되면 거침없이 떨어지는 열매와 나뭇잎은 그의 자랑이다.

　　나무는 그 자리에서 미동도 하지 않고 의연하게 존재할 뿐이다. 넘실거리며 풍랑이 이는 내 마음이 나무의 평온함을 닮았으면 좋겠다. 나도 고유한 나의 자리에서 샛노랗게 가을을 물들이고 땅의 양분이 되면 좋겠다. 반복되는 것들 속에서 지루함에 힘겨워하기보다 인내를 배우고, 추위가 몰려오면 나무 아래서 자라난 맥문

동의 가는 줄기를 덮어주는 나뭇잎이면 좋겠다. 샛노란 은행잎이 맥문동의 검은색 열매 위에 내려앉으니 검은 열매의 광택이 도드라져 보인다.

산책 나온 강아지들이
노란 융단 위에서 뒹굴며 행복한 가을.
가을빛에는 천상의 빛과 인생의 빛이 같이 어리어 있다.

자신이 되어라

처음부터 내가 할 수 있는 일이 있고 없는 일이 있다. 이것만 잘 분별해도 많은 고통은 피할 수 있다. 의식이 깨어있는 사람이라면 반복되는 끊어짐과 연결됨으로 자기 자리를 찾아간다. 인생에서 성장할 수 있는 기회는 매일 주어진다. 우리는 자신으로 살아가는 법을 쓰라린 시간을 겪어내며 배운다. 희망이 강탈당하는 시간을 겪고 나면 나를 알게 된다. 작고 약하지만 얼마나 많은 가능성을 가지고 태어난 존재인지. 끊임없는 용기와 도전정신으로 미지의 세계로 거침없이 뛰어드는 존재인지. 겪어보지 않고 아는 교훈은 힘이 없다. 내 것이 아니기 때문이다. 나로 살지 않으면 삶에 깃들지 못하고 떠돈다. 나라는 존재의 큰 짐을 지고 헛되이 오르막을 오르고 좌절하며 미끄러지기를 반복한다. 살아야 할 이유가 없는 사람처럼 무기력하고 메마르고 푸석할 뿐이다. 아프게 깨달은 것만이 다른 길을 기웃거리지 않게 나를 단단히 붙들어준다. 흔들리는 시간을 통하여 나를 찾게 되면 그 뒤에 다가오는 큰 확신이 혼란을 잠재워 흔들려도 넘어지지 않는다.

우린 그 무엇이 되지 않고 내가 되어야 한다. 내가 되지 못하면 그 무엇도 되지 못한다. 이 일은 우리가 평생을 두고 이루어 내야 할 가장 중대한 일이다. 타고 태어난 나의 고유성이 나로 인하여 무시되면 이룰 수 있는 것이 없다. 가지고 태어난 것으로 일하면 충분하다. 천성적으로 잘하는 일을 하면 나도 삶도 완성된다.

뜻을 정하고 꿈에 도전한 선한 시작도 많은 시간 동안 시험받는다. 악함이 선함으로 되돌려지기 위해 끝도 없이 시험받듯이. 살아 있으니 중력의 법칙에서 벗어날 수 없다. 그러나 끊임없는 추락에는 다시 솟아오름이 전제되어 있다. 시험에서 살아남기 위해서는 자신이 아무것도 아닌 존재라는 좌절의 경험이 꼭 필요하다. 좋은 마음으로 어떤 일을 시작했어도 좋은 결과로 이어지지 않을 때가 숱하게 많다.

결과야 어찌 되었든
우린 시도한 모든 일을 통하여 점점 더 성숙해진다.
웬만한 일에는 흔들리지 않는 의연한 모습을 갖춰간다.

주장을 지우는

굳이 밑줄 긋지 않아도 영혼을 일깨울 문장은 언제나 마중 나와 있다. 책을 열어 애써 찾지 않아도 문장은 작가가 정해준 자리에서 평생을 길잡이로 산다.

이미 습관이 된 행동은 애써 노력하지 않아도 자연스럽게 흘러나온다. 무심코 한 행동 같아도 내게 익숙한 것들이 겉으로 드러난 것이다. 나에게도 익숙한 독서 습관이 하나 있다. 나는 책을 읽을 때면 여러 필기구 중에서 꼭 빨간 색연필로 밑줄을 긋는다. 깊고 좋은 문장을 만나면 빨간 색연필로 선명한 흔적을 남긴다. 책을 반복해서 읽을 때는 다른 색의 색연필을 써서 밑줄을 문장 위나 아래에 다시 그었다. 수많은 필기도구 중 나는 왜 특별히 색연필을 쓰게 된 것일까 생각해 보았는데, 그 이유는 아이들의 학용품에 늘 색연필이 있기 때문이었다. 연필로 밑줄을 그을 때보다 색연필이 부드럽게 종이 위에서 미끄러지는 느낌이 더 좋았다. 색연필로 밑줄을 그으면 종이 위에 홈이 패이지 않았고 책을 덮어도 묻어나지 않았고 다음 페이지에 비치지도 않아서 좋았다. 그렇게 책을 읽다 보니 빨간 색연필은 독서 친구가 되었다.

전에는 책을 읽고 나면 서재에 꽂아놓았다. 소중한 사람들과 같이 읽으려고 사서 모으기도 했다. 그러나 지난해부터는 다 읽은 책을 필요한 사람들에게 나누어 주고 있다. 책을 나누어 주려니 오랜 독서 습관을 바꾸어야만 했다. 우선은 색연필 대신 손에 연필을 쥐었다. 앞으로는 차츰차츰 연필로도 긋지 않고 깨끗하게 책을 읽으려고 노력하는 중이다. 잘 될지는 모르겠다. 오랫동안 몸에 밴 익숙한 독서 습관을 바꾸려니 약간의 저항이 따랐다. 소장하고 싶은 책을 제외하고 필요한 사람들에게 나누어 주려니 밑줄 긋는 독서 습관이 문제가 되었다. 나는 흔적이 없는 깨끗한 책을 주고 싶었다. 그래서 힘들어도 빨간 색연필을 내려놓고 습관을 바꾸기로 했다. 아직은 어색하다 못해 답답하다. 색연필을 연필로 바꾸어 밑줄 긋는 일은 그리 어렵지 않았지만, 아무 흔적도 남기지 않고 책 읽기는 여간 힘든 게 아니었다. 나는 밑줄 긋지 않고 책을 읽으면 몰입이 되지 않고 내 책이지만 빌려 읽는 느낌이 든다. 이런 이유 때문에 나는 책을 구매해서 밑줄을 긋고 읽는다. 마음껏 밑줄 그으면서 읽어야 내용이 내 것이 된다. 나는 책을 읽을 때 밑줄 긋고 별표 달고 단어 위에 점 찍고 포인트 표시하며 읽는다. 같은 문장에 그은 밑줄이 겹쳐서 글씨가 잘 안 보일 때도 있다. 책을 읽다가 좋은 문장이 있으면 여백에 따로 써놓기도 한다. 전부터 나는 아무 흔적도 남기지 않고 책을 읽는 딸의 독서 습관이 참 신기했다. 지금은 그 습관이 대단하다는 생각마저 든다.

요즈음 읽은 책은 연필 선을 모두 지워 나의 흔적을 없애고 필요한 사람들에게 준다. 가까운 사람 중에는 오히려 밑줄 그어진 책을 더 좋아하는 사람들도 있다. 그런 사람들에게는 서재에 있는 책을 우편으로 보내주기도 한다. 전에 읽은 책에 이미 그어진 밑줄은 지울 수 없지만, 연필 선은 모두 지울 수 있어서 좋다.

횡으로 미끄러지며 그은 굵고 짙은 줄을 일일이 지우다 보니 굳이 밑줄 그을 필요가 없었던 문장이 보인다. 드로잉 할 때 주로 쓰는 부드럽고 탄력 있는 지우개로 책 속에 남아있는 흔적을 모두 지우면 지우개 가루가 수북이 쌓인다. 필요 이상으로 그어진 밑줄. 문장 위에 머물다간 나의 흔적을 보며 예민하고 섬세한 나를 느낀다. 책 속에서 나는 무엇을 얻고 싶었던 것일까. 가로줄과 겹쳐 그은 두 줄, 간혹 띄엄띄엄 그은 일직선의 밑줄을 모두 지우며 과한 나의 행동도 지운다. 굳이 긋지 않아도 될 문장에 과하게 밑줄을 긋는 나를 본다. 무엇을 그렇게도 중요하게 생각했던 걸까. 밑줄 그어진 문장이 바로 내가 공감하고 동의하는 것들이다. 밑줄 그은 문장이 나를 말해준다.

　　내가 알고 있는 것과 유익하다고 생각하는 것들을 주장하고 싶었던 시절이 있었다. 독서 습관을 바꾸려다 나의 내면을 보았다. 흔적을 남겨서 나와 다른 사람에게 무엇을 알려주고 싶었던 걸까. 내가 중요하게 생각하는 것을 굳이 밑줄로 강조해서 가르치지 않아도 되고 나의 생각이 다녀간 흔적을 애써 남기지 않아도 되었다. 문장과 단어의 감동이 물처럼 스며들어 내 마음을 윤택하게 하고 지나갔으면 된 것이니. 나의 흔적을 지우니 새 책이 되었다. 밑줄과 같이 나의 지나친 공감들을 지우고 내 것이라고 주장하는 것들을 내려놓는다. 나의 감동을 강요하지 않아도 그들의 때가 이르면 스스로 감동할 것이므로. 나는 밑줄을 지우며 나의 생각과 의지로 한 시절을 살아낸 흔적도 지운다. 버려야 할 습관들은 지우고 더 깊고 넓은 세계로 내 영혼을 확장시킨다. 깊은 것에 이끌리는 나는 더 다양한 세계를 품을 수 있으리라. 누군가를 진정으로 위하는 길은 내가 깨달은 가치에서 나의 흔적을 지우고 본연의 가치만을 전해주는 것. 스스로 성장할 수 있도록 기회를 열어주고 자신의 세계를 구축해 나갈 수 있게 강제하는 색을 지우고 다가가는 것이다. 다가가기 위해 내 주장과 내 생각을 버리는 것이다.

나에게 아무리 좋은 것이라도 모두에게 좋을 수 없듯이 각자에게 있는 본연의 것을 침범하지 않는 소리로 존재해야 하리라. 글을 쓸 때나 책을 읽을 때 집중하려고 영감을 주는 클래식의 고운 소리마저 조절하듯이. 나의 마음이 닿아있는 사람들에게 방해가 되지 않는 소리가 되려 한다. 상대의 영역을 침범하지 않을 만큼의 소리로 머물려 한다.

알렌과 후우미　61x73cm_Oil on canvas

향기로 살아라

　모퉁이를 돌아온 햇살이 세월의 흔적으로 희뿌연한 창으로 내려왔다. 꽃을 찾아가던 강렬한 햇살은 창문가에 놓인 꽃 위에 머물렀다. 집으로 들어오려던 햇살이 뿌연 유리창의 표면에서 반쯤은 흩어지고 반은 투과되어 집으로 들어왔다. 햇살이 꽃봉오리를 어루만지자 꽃잎이 깨어났다.

　예전에 살던 동네로 다시 이사 왔다. 정을 나누며 살아가던 그리운 곳에서 깨어진 모퉁이처럼 분리되어 되돌아가지 못하였던 곳이다. 다가오지 못하게 막는 사람은 없지만, 찬 서리를 맞은 마음으로는 더 이상 다가가고 싶지 않았다. 익숙한 몸짓으로 함께 추던 윤무에서 밀려나 무리의 주변을 배회하였다. 익숙한 사람들로부터 하루아침에 존재 밖의 존재가 되었다. 오해가 사실처럼 되면 그 순간부터 다수에게 거부되고 입방아에 오르내리게 된다. 진실로부터 뒤돌아선 적 없고 변한적 없었던 마음은 섧다. 휴화산이 되기에는, 관계에서 오는 고통을 넘어서기에는 아직 멀었다. 언제쯤 편안해질지

가늠할 수 없는 시간에 무엇을 할 수 있을까. 오해의 골이 점점 깊어져 차라리 마음을 닫고 스스로 고립된다.

의지와 상관없이 타인의 잣대로 내던져져 구부러진 길에 섰다. 준비되지 않은 채 머물 곳을 잃어버리면 그리움은 산처럼 커진다. 그리움이 쌓이기만 하면 어디로 갈지 몰라 방황한다. 그 그리움이 봇물 터지듯 터져 나오면 그리운 흔적을 찾아 주변을 맴돈다. 그리운 이의 녹화된 목소리는 참았던 눈물을 터뜨린다. 배척됨의 상처는 어깨를 들썩이며 우는 눈물로, 공허함을 부추기는 소리로 흩어진다. 머물고 싶었던 자리에서 떠나야 함은 더 깊은 삶으로의 초대이자 흩어져 뻗어나가는 시간이다.

오해의 수렁으로 미끄러져 마음이 넓혀지는 시간이었다. 사랑하고 사랑받던 익숙한 곳에서 등 떠밀려 나와서 그리움에 멍든 마음은 잠들지 못했다. 억울해도 그 자리에서 죽도록 참았더라면 어떻게 되었을까. 다시 돌이킬 수 있었을까 종종 생각했다. 계속 그곳에 있다가는 죽을 것 같아서 벗어나 뿌리째 흔들렸다. 신도 나를 버린 것 같은 시간에는 홀로 어둠과 맞서는 것 같았다. 나의 시작이었던 그곳에 다시 돌아가지 못하는 것이 고통이었는데, 지나 보니 아무것도 아니었다. 분리되어 겪게 된 고통은 나를 성장시키려고 모퉁이를 돌아 급작스럽게 불어온 지나는 바람이었다.

　그리움과 아픔이 뒤엉켜 서글픔만 깊어 가던 때 사랑하는 이의 목소리가 마음에 울려왔다. '아픈 그리움을 딛고 일어나 향기로 살아라. 슬픔 속에서 사랑하는 이의 뜻을 헤아려라. 익숙한 것과의 단절은 다시 태어나기 위한 과정이니.' 바람결에 스치듯 세미하고 부드러운 사랑의 언어로 깨우쳐 준다.

'너는 다시 태어났으니 변화된 삶의 방식으로 살아라.

다시 태어난 너를 세상에 주어라.

너를 단련하기 위해 불어오는 바람을 타고 더 높고 먼 곳으로

날아가서 네 안에 있는 나의 사랑을 드러내라.'

환대

꽃이 있는 곳을 지날 때면 늘 서성인다. 꽃들이 나를 끌어당겨 그냥 지나치지 못하고 곁으로 다가간다. 나는 꽃으로 태어날 사람이었는데 사람으로 태어난 것 같다는 생각이 종종 든다. 나는 사람이 아니고 꽃인 것일까 착각에 빠지기도 한다. 어느 때나 꽃과 책은 나를 환대해주었고 기꺼이 자기 것을 나누어주었다. 변함없이 사랑받고 환영받는 느낌. 나도 활짝 핀 꽃과 펼쳐진 책처럼 누구를 만나든 반겨 맞아주는 사람이고 싶다. 책이 있는 곳과 꽃이 있는 곳을 그냥 지나치지 못하듯이 만나는 사람마다 반겨 맞아 웃음 짓고 싶다. 말이 없어지고 슬픈 눈빛일 때 나를 반겨 맞아주고 어루만져준 책처럼 나도 곁에 있는 사람들에게 봄볕 같은 따사로움이고 싶다. 글을 쓰느라 켜놓은 노트북 너머 널찍한 흰 탁자 위에는 높낮이가 각각 다른 꽃들이 생김새와 색이 서로 다른 화병에 꽂혀있다. 다양한 꽃들이 무리 지어 피어있는 흰 탁자. 꽃들과 마주 보려고 향기로운 얼굴을 모두 나 있는 쪽으로 돌려놓았다. 글을 쓰는 중간중간 바라보면 얼마나 흐뭇한지. 어여쁘고 향기로운 모습이 나의 모습이기를.

거부 된 채 세상에 던져진 사람도 누군가의 마음 다한 환대로 세상에서 살아간다. 우리는 누군가의 도움 없이 살 수 없다. 처음부터 서로 돕고 살아야 삶이 유지되도록 창조되었기 때문이다. 그가 살므로 내가 산다. 우리는 일상에서 환대를 실천하며 살아야 한다. 우린 서로의 시답잖은 이야기를 시다운 이야기로 들어주고 뼈아픈 이야기들을 이해와 환대의 마음으로 들어주어야 한다. 연민으로 타인을 포용하여 곰살궂게 끌어안아야 하고 환영하며 끈기 있게 기다릴 줄 아는 태도로 대해야 한다. 휘돌아 소멸해 가는 시간 속에서 서로를 의지해 공허를 뛰어넘어야 한다. 약함을 환대하여 돌봐주며 그로 인하여 서로 안식해야 한다. 관계의 갈등은 화평으로서 조율하며 삶이 단조롭고 하잘것없게 느껴져도 힘써 살아야 한다.

노년의 복명 치매. 한평생을 살아내느라 생기가 다 빠져나간 고목나무. 지난날을 모두 잊기로 결정해버린 순간 무엇을 해야 할지 몰랐다. 동의를 구하지 않고 추억과 함께 근심도 지워졌다. 스스로 선택하지 못하고 수동적으로 행동하고, 자기가 무엇을 하는지 모르게 되었다. 깨끗한 것과 더러움의 차이를 분간하지 못하게 되었고, 순간 넋이 나가서 가까운 사람들을 알아보지 못하게 되었다. 익숙한 공간이 낯선 공간처럼 공허한 눈 속으로 빨려 들어가서 평생 하던 일, 세수하고 양치하고 대소변을 처리하는 일조차 도움을 받아야만 하는 상황이 되었다. 그래도 괜찮고 괜찮았다.

존엄성을 잃어버린 한 사람을 환대하며 사는 일.
골 깊은 주름에 켜켜이 쌓여 침착된
세월의 무게를 나누어지는 일.
생이 다하도록 기도하며 사랑으로 환대해야 마땅한 그일.

지금은 다 알 수 없어도

살면서 터득한 것을
모두 네게 주고 싶지만 지금은 다 알 수 없어라
존재하고 있었음에도
네가 알지 못했던 것들에 대하여 마음을 열고
불완전한 너의 생각으로 불필요하게 밑줄을 그었던 흔적을
지우고 또 지우며 본래의 모습으로 홀로 서라

불의에서 돌이킨 너를 풀어놓아 태곳적으로 돌려보내고
읽어도 읽을 게 남아있는 책같이
깊은 것들에 관심을 기울여라
지금은 다 알 수 없어도 세월이
너를 깊은 곳으로 데려가면 알게 되리라
다 읽었는데 다 읽지 못한 책과 같이 깊은 것들로 충만해지고
가벼이 걷기 위해 단순한 삶에 맞는 무게만 남겨라
혼란케 하는 것들에게 마음을 줘 끌려다니지 말고

단조롭게 반복되는 일상에 뿌리를 내려

영원으로 들어가는 길을 찾아라

보통의 날들이 나를 찾아가는 여정이었음을 알게 되리라

평소보다 더 밝은 빛이 너를 들어 올리거나

이전에는 알지 못했던 어둠이 너를 끌어내려도

많은 말과 지나친 웃음과 눈물로 두려움을 감추려 하지 말고

마음을 열어 가만히 듣고 네가 가야 할 길로 들어가

부여받은 것들을 가지고 깊은 곳으로 이끄는 본질이 되어라

지금은 다 알 수 없어도 인생은

사랑과 고통 가운데서 온전해지는 것을

네가 자라면 이해되고 알게 되리니

어슴푸레한 시간을 지나는 동안에도

가지고 태어난 소중한 것들이 살아나고 또 펼쳐지게

먼저 너를 도와주고 네 곁에 있는 사람들을 도와주어라

질 때를 생각하지 않고

꽃 속에 시계가 들어 있나 보다. 아침이 오면 꽃잎을 열고 밤이 오면 꽃잎을 오므려 곱고 여린 속살을 보호하는 것을 보면. 그러나 어둠이 내려도 꽃잎을 닫지 않는 꽃들이 있다. 여린 아름다움이 충만한 보드라운 꽃잎은 차가운 어둠으로부터 보호되어야 하리라. 어둠 속에서도 씩씩한 꽃. 어둠을 개의치 않고 피는 꽃. 밤과 낮 모두가 그에게는 일상이겠지. 밤도 명도가 낮아진 낮이겠지. 꽃이 활짝 핀 봄의 정원에서는 햇빛도 꽃 빛이 된다. 마당에 목수국이 첫 꽃으로 피었을 때 개미가 꽃 속에 가득하였다. 개미들은 꽃봉오리를 옮겨 다니며 진딧물을 잡아먹었다. 뒤이어 핀 작약의 풍성한 꽃송이도 개미들의 놀이터가 되었다. 개미들이 꽃 속에 가득해도 꽃은 여전히 우아하고 예뻤다. 작약이 풍성한 오월이면 향기로운 꽃을 서재에 꽂아둔다. 작고 소담하게 핀 한 송이를 잘라서 거꾸로 들고 개미를 털어낸 다음 화병에 꽂아둔다. 올해도 꽃 풍년이다. 작약이 만발할 때면 일상에서 여행의 설렘을 느낀다. 오월에는 마당에서 핀 꽃을 소중한 사람들에게 선물한다. 한철 향기로움으로 잠 못 들게 하는 여린 분홍빛 작약이 있어 나의 봄은 향긋한 행복으로 충만하다. 본연의 모습으로 피어나 아름다움과 향기로 곁에 있는 작약. 꽃이 내 곁에 머무는 시간은 그만하면 충분한데 언제나 짧게 느껴진다. 해마다 작약이 피면 설레면서도 아쉽다. 꽃의 향기가 한창이어도 그 향기가 그립다. 꽃의 계절이 되면 일상이 향기가 된다. 나는 한 철을 짧은 향기에 기대어 산다. 꽃이 피고 질 때면 내 안의 그윽한 아름다움이 깨어나고 설레임과 한없는 기다림이 교차되고 반복된다. 순간에 머물다지는 꽃이지만 작약 만큼은 지지 않았으면 좋겠다. 내 마음속에서 지지 않는 것들처럼.

꽃은 빛을 발하기 위해 더 많은 어둠을 참아낸다. 찬란히 꽃피울 그때를 기다리며 어둠 속에서 향기를 모은다. 한철 고유한 꽃으로 피었다 지기 위해서. 그들의 계절에 앞다투어 피어나는 꽃들에게는 반복되는 어려움을 거뜬히 지나가게 할 만큼 소생시키는 힘이 있다. 꽃은 일상을 충실하게 살면 삶은 점점 아름다운 것들로 채워진다고 말하는 것 같다. 찬란한 빛에 둘러싸여 꽃잎 날개로 날아올랐던 꽃송이가 떨어져 내릴 시간. 떠날 시간이 가까워도 오늘만은 질 것을 생각하지 않고 꽃 곁에 그대로 머물고 싶어라. 판에 박힌 현실을 벗고 꽃처럼 순전하게, 꽃처럼 온전한 모습으로, 꽃처럼 아름다운 사람으로 곁에 머물고 싶어라.

매일 일상에 찾아오는 빛이 어둠을 휘감고 날아가니 우리는 앞으로 나가

면 된다. 서로의 손을 잡고 어둠을 뚫고 빛으로 직진하라. 범위를 벗어나

지 않고 단순 반복되는 일상에서 사랑으로 직진하라. 빛이 태어난 곳으로

부터 흔들림 없이 직진하듯이 모든 혼란을 확신으로 바꾸어줄 빛과 함께

직진하라.

제5부

사랑
그 영원한 세계로

고통은 중립

깊은 곳. 변하지 않는 가치가 사랑받고, 인정받고, 존중받아 보전되는 곳. 그곳으로 들어가기 위해서는 거쳐야 하는 과정이 있다. 약간의 혼란과 발밑 정도만 분간할 수 있는 빛을 의지해서 걸어야 하는 시간이다. 직선으로 내리쬐는 빛도 굴곡진 것들 위에서는 곡선으로 휘어진다. 어른이 되어서도 나는 장애물을 거치지 않고 직진으로만 가고 싶었다. 그렇게 갈 수 없다는 것을 알면서도. 이십 대 이전에 겪은 고통이면 내 인생에서 충분한 고통의 분량이 채워졌다고 생각했다. 그러나 삶은 언제나 구부러진 길을 거쳐서 직선의 길로 이어질 때가 많았다. 끌려갔지만 멈추지 않고 진행한 여정이었다. 원하지 않은 일들을 받아들이는 과정에서 마음은 얼마간 갈피를 잡지 못한다. 외부에서 시작된 바람이 내면으로 불어와 격렬한 고통으로 환산되었다. 늘 잔존해 있는 내면의 고통은 자신을 가장 힘들게 하고 가까운 사람들에게서도 한발 물러서게 한다.

영원히 존재하는 세계가 있다. 신에게 속한, 신의 경륜 안에서 만들어진 세계. 영원한 시간의 정점에서 보면 짧은 인생에서 겪는 매일의 어려움은 잠깐의 소나기 같은 것이다. 그러나 고통에 취약한 우리에게는 이 시간이 한없이 길게 느껴진다. 나에게 있어서도 극단의 고통은 내게 있는 좋은 것들을 앗아가고 안 좋은 것들만 남겨둔 것 같았다. 이 시간이 끝나지 않을 것 같았다. 나는 회오리바람 같이 불어온 일이 지나간 후에 그 시간의 의미를 하나하나 정리해보았다. 그 시간은 나에게 있는 좋은 것을 어떻게 지켜 소중한 인생을 꽃피워야 하는지 가르쳐주었다. 또한 나에게 부족한 것들과 화해하여 어떻게 죄책감에서 자유로워질 수 있는지 알게 해주었다. 이것이라고 쉽사리 단정 지을 수 없는 깊고도 깊은 것들에 대하여 스스로 생각을 정리하게 만들었다. 고통스러웠던 일은 나를 더 겸손한 사람이 되게 이끌었다. 때때로 누군가를 위한 일이라고 생각하며 행동했던 일들 가운데는 오만한 생각에서 시작된 행동들도 얼마나 많았는지. 스치고 지나가는 깨달음으로는 영혼이 성장하지 못한다. 나라는 존재가 모두 해체된 것 같은 순간에 나를 찾아오는 뼈아픈 깨달음만이 영혼을 성장시킨다. 성장하는 일은 언제나 고통스럽다. 그러나 우리를 성장시키기 위해 존재하는 고통은 한계가 정해져 있다. 고통은 신의 생명이 흘러갈 통로를 확보하는 선한 채찍이어서 우리를 잘못된 길로 데리고 가지 못한다. 고유한 나로 살 수 있게 한결같이 도와줄 뿐이다. 오히려 고통을 지나다 보면 특별할 것도 없이 반복되는 일상이 특별한 하루로 바뀌는 것을 보게 된다. 고통은 우리가 삶에서 무엇을 남기고 무엇을 버려야 하는지를 가르쳐준다. 삶을 대하는 태도를 긍정적으로 바꿔주고 포용과 환대로 연대하는 삶을 살게 변화시킨다. 우리는 사랑과 포용으로 연대하며 살아야 외로움에 고립되지 않는다.

고통은 눈뜨면 숨 쉬고 밥 먹듯 삶의 일부다. 매일 삶이 다시 태어나듯 고통도 새롭게 태어난다. 고통은 언제나 중립이다. 창조 안에 있는 고통은 피할 것도 환영할 것도 선한 것도 악한 것도 아니다. 고통을 대하는 사람들의 태도가 극명하게 나뉠 뿐이다. 시련이 아등바등 지켜온 소중한 것들을 사라지게 할까 봐 우리는 전전긍긍한다. 그러나 고통은 삶의 근간을 바르게 세워 오히려 고귀한 삶을 살 수 있게 도와준다. 이유 없이, 신의 허락 없이 우리를 무너뜨리려 하지 않는다. 한계가 정해져 통제되는 고통은 절대 우리를 해치지 못한다. 우리를 더 깊은 곳으로 이끌어 아무나 볼 수 없고 느낄 수 없는 것들을 보고 느껴 깊은 사람으로 자라게 할 뿐이다. 한 세대를 넘기지 못할 허망한 가치를 버리고 영원으로 이어지는 고귀한 가치를 따라서 살게 이끌어 준다. 고통은 본질의 것으로 양질의 삶을 살게 하는 평생 곁에 있는 좋은 벗이다.

친근한 고통이 꿈속에까지 따라와 편두통과 같이 아침을 맞았다. 고통은 표면적인 나와 진짜 나 사이의 간극을 좁혀주고 살풍경한 나로 살지 않게 도와준다. 죽을 때 후회하지 않는 삶의 방식을 가르쳐준다. 살아있을 때 부끄럽지 않은 죽음을 준비하며 살자. 그렇게 산 삶은 흙으로 돌아간 뒤에도 후대에 전해진다. 인생은 즐거움과 탄식 사이에 존재한다. 자신의 삶에 주인공인 한 사람의 영혼이 무르익게 제 역할을 수행하는 고통. 창조된 고통은 신의 경륜 안에서 언제나 선하다.

어둠은 도움닫기에 힘을 보태주고
고통을 지나 생성된 아름다운 것들에게
빛을 수여한다.

그냥 너로

순리에 맡기고 부여잡은 열심을 놓아도 되었는데
잘해보려고 너무 애썼어
헛된 곳에 열정을 허비하느라 타고난 재능의 펼쳐짐을 가로막았지
내가 할 수 없는 일이라 감당하기
더 벅찼던 일을 계속하며 나를 학대했어
책임감이 지나쳐 몸과 마음이 풀어지면 영영 눈을 감고 싶었지
관계의 어그러짐은 늘 내 탓 같아서 자책하기에 익숙했어
지고 가지 않아도 될 짐을 혼자 지고 가느라 웃음을 잃어버렸지
이웃의 고통을 듣고 돌아온 밤에는 고통스러운 이야기가
밤새 마음을 짓누르며 내게서 떠나지 않아서 잠 못 이루었지

이제는 그렇게 살지 않아
할 수 있는 일과 없는 일을 먼저 분별하고
평생 열정을 쏟아 부어도 행복하고 지치지 않을
나만의 고유한 일을 찾아서 집중하지

나 자신이 되어 오롯이 창조되어진 나로 살면서

나의 목숨과 맞바꾸어도 아깝지 않을 꿈을 이루려고 노력하며

죽을 때 후회하지 않을 삶의 방식과 태도로 오늘을 살아가지

무분별하게 타올랐던 열정도 한없이 행복한 나의 길에서

타오를 방향을 찾고 균형을 잡아서 거룩한 열정의 불을 지펴주지

사랑이라는 이름으로 기꺼이 희생해야 함에도

희생이 되지 않는 날도 있어

깨어진 관계에 대해서도 지나치게 자책할 필요가 없지

서로가 미성숙했을 뿐이니까

무엇을 이루어 인정받고 그것으로 너를 증명하려고 애쓸 필요 없어

이 세상에 태어난 것은 이미 하나님이 너의 존재를 증명한 거니까

영혼이 깊은 사람은 더디게 자라서 늦게 펼쳐지는 법이니까

나는 숱한 시간 동안 애써 나를 증명하며 살아왔어

그냥 증명되어 태어난 나로 존재하면 되는 거였는데

그러니까 너도 증명하려 하지 말고 그냥 너로 살아

네가 지치지 않고 기뻐하며 즐겁게 할 수 있는 그 일을 하며

네 안에 새겨진 하나님의 형상을 드러내 펼쳐봐

그게 하나님께서 기뻐하시고 원하시는 일이니까

그러니 두려워하지 마라

길을 잃고 물에 빠졌을 때에도 가라앉지 않을 것이라고 약속해주셨지만, 나는 물과 불을 지날 때 억눌림에 눈이 가려져 홀로 흔들렸습니다. 한계 밖의 일로 불길을 지날 때면 영혼이 그을려 거무스름해졌습니다. 지나온 삶이 억울하고 덧없어 상심한 마음을 천 길 아래로 끌어 내렸습니다. 거센 물줄기의 깊이에 침몰될 듯 휘감겨 휘청거렸습니다. 곁에 있던 사람들은 흩어졌고 나와 그림자만 남은 공간에는 짙푸른 고독만 새벽빛의 시림처럼 감돌았습니다. 삶의 모퉁이를 돌아설 때마다 쉬지 않고 밀려드는 어려움에 불안하였습니다. 나는 그때마다 비틀거리며 느린 걸음으로 걸었습니다.

그토록 잘 되기를 바라며 마음 모았던 하늘빛 사랑에도 병이 들었습니다. 온전한 사랑은 못 하였지만, 파편적인 사랑도 할 수 없게 되었습니다. 안부를 묻던 익숙한 사람들과 눈이 마주칠까 봐 사람을 피해 다녔습니다. 진심이 짓밟혀 마음이 닫혔고 고독만 친구처럼 곁에 있었습니다.

나 비록 물과 불을 지날 때에라도 무익하게 여겨지지 않고 가석히 여겨졌으면 좋겠습니다. 손에 잡힐 것 같았던 현상적인 것들은 형체 없이 흩어졌지만, 그간 나를 이끌어온 깊고 아름다운 가치들은 오해에도 나를 떠나지 않고 곁에 있습니다. 나를 향한 타인의 칭찬과 비난 이 모든 것들이 형체 없이 물속에 녹아들어 필요한 곳에서 생명을 되살리면 바랄 게 없겠습니다. 나는 의연함으로 물과 불을 지나지 못했지만, 깊은 물을 지날 때 침몰되지 않았고 강렬한 불을 지날 때 타지도 않았습니다. 물과 불을 지나온 시간은 죽어가는 것들을 찾아 흐르는 물이 되기 위한 시간이었습니다.

존재하는 시간 동안 "그러니 두려워하지 마라." 말씀하시는 당신의 음성을 가슴에 새기고 물과 불을 지나왔으니 나 이제는 소망을 소생시키고 절망을 태워 소멸시키는 물과 불이 되면 좋겠습니다. 쓰라림을 지나는 동안 체득된 깨달음으로 고유한 삶을 펼치며 살아가렵니다. 고통이 있는 곳에서는 사랑으로 호흡되어져 가쁜 숨을 평온케 하는 사람이면 좋겠습니다. 사는 동안 억눌림과 죽음의 순간이 교차하며 반복되어도 사랑하며 살면 좋겠습니다. 나의 사랑도 매일 새롭게 자라는 새순처럼 관심과 이해로 자라면 좋겠습니다. 그렇게 살아서 본향으로 돌아갈 때 죽음 앞에서 당황하거나 후회하지 않는 마지막을 이웃과 같이 준비하면 좋겠습니다.

금빛 날개

당신의 사랑이 허공을 가르고 퍼지는 빛처럼
어느 때는 속삭이듯 부드러운 바람으로 내게 불어와
나의 길을 바르게 펴 주시고 나를 사랑하는 어여쁜 자라 부르셔서
내가 즐거이 가는 길에서 당신의 사랑을 느낄 수 있게
미천한 자의 삶에 새벽빛으로 찾아와 내 곁에 머무셨습니다.

당신이 부어주신 사랑으로
사람과 사람 사이에서 탐스러운 열매를 맺으라고
사랑으로 마음을 얻을 수 있는 지혜를
가르쳐 주셨습니다.
고귀하게 창조되어진 사람들이 마음을 열어
당신의 사랑을 받아들일 수 있게
측은지심 안에 있는 이해와 공감으로
슬픔을 어루만지라고 나를 보내셨습니다.

사랑이 고통의 옷을 입어도 무너져 내리지 않듯

상처로 얼룩진 눅눅한 삶에서 빛 가운데로 불러내어

당신의 사랑을 엮어 지은 옷을 입혀 주시고

금빛 날개를 달아주시며

나를 넘어서 끝없는 사랑에 닿을 수 있게 이끌어 주셨습니다.

책임을 다하는 항구한 사랑은

힘들어도 차마 놓을 수 없는 충실함이라고

영원한 사랑이 결핍을 회복시켜 탄생시킨 현존하는 빛이라고

괴로움과 기쁨이 서로를 배척하지 않는 공존이라고

퇴화해가는 것들에게 새순 날개를 달아주는 생명 활동이라고

고통 속에서만 펼쳐지는 금빛 날개의 펼쳐짐이라고

서로의 마음가까이로 날아가는 것이라고 가르쳐주셨습니다.

깊은 세계로

　　지금까지 살아온 삶의 이야기들이 아름다운 화음이 되어 나를 창공으로 띄워 올려 줄 것 같았다. 한 가지 어려움이 해결되어 마음이 가벼웠다. 살아오면서 이만큼 마음이 놓인 적도 없었다. 새로운 삶의 출발선에서 날아오를 준비를 하며 기대로 충만했다. 그러나 다시 한번. 그것도 나의 선택으로 피할 수 있었던 그 일로 인하여 유폐되었다. 아주 깊숙이 가두어진 것 같은 시간의 끝을 알 수 없어서 더 고립되는 것 같았다. 그 시간이 길게 지속되면 어쩌나 하는 생각이 들면 두렵고 무기력해졌다. 유년의 삶은 어린 나를 외로움이라는 섬에 유폐시켰다. 가족이라는 개념도 서지 않았던 때. 어른이 되어서도 누군가가 가둔 것인지 스스로 갇힌 것인지 모르나 고독과 고통에 유폐되었다. 나의 삶은 사는 내내 상처와 고립의 반복이었다. 이제는 찬란함으로 날아오를 때가 된 것 같아서 날개를 펴고 날아오르려는 순간 나는 다시 익숙한 진흙탕으로 곤두박질쳤다. 밝은 정오의 정점으로 떠오른 순간보다 숨겨진 채 살아온 지난했던 시간. 옥죄는 일들로부터 자유로워지기 위해 영혼이 싸우지 않은 날이 며칠이나 될까. 어려서는 책임질 수 없었던 사람들이 나를 보육원이라는 삶에 유폐시켰지만, 어른이 되어서는 스스로의 선택으로 유폐되었다. 어머니라는 섬으로 가족이 자원해서 들어갔다. 어머니의 치매는 마치 초록은 오간 데 없이 퇴색되고 기세등등한 잿빛 겨울 하늘이 내리는 안개비 같았다. 흐린 날, 빛이 들지 않는 겨울 숲의 눅눅함 같고, 아무리 애를 써보아도 불이 붙지 않는 축축한 시간의 멈춤 같다.

인간의 지혜로는 삶의 시작과 끝을 알 수 없다. 개인의 종말이 언제 올지 알 수 없다. 다만 죽음이 두렵지 않은 은혜가 주어질 뿐. 누군들 고귀하게 살고 싶지 않을까. 그렇게 살 수 없다고 모두 떠날 수 없지 않은가. 살고 싶다고 살아지랴 죽고 싶다고 죽어지랴. 우리는 사는 날까지 서로를 도우며 살아야 사람됨을 유지할 수 있게 창조된 사람들이다. 누군가의 도움을 받아야만 생명이 유지되는 삶이라 하여도 피붙이들에게는 얼마나 애틋한 한 사람인가. 가족은 서로에게 고정된 그리움이자 쉬지 않고 불어오는 생명을 품은 봄바람이다. 희생으로 한 사람이 편해지고 때론 많은 사람이 편해진다. 희생에 특화되었다는 것은 사랑에 특화되었다는 것. 희생할 기회가 주어졌으니 전심으로 희생이 되어보자. 거기로부터 알지 못하고 경험해보지 못한 깊은 세계가 열릴 것이니.

의자가 있는 초상 162x130cm_Oil on canvas_2021

네가 아프면 난 더 아프다고

마음이 빈들에 선 것 같이 쓸쓸해지면 감정은 아래로만 내리달린다. 영원히 존재할 것 같았던 사랑이 나를 외면하고 떠나버린 것 같아서 전존재는 길을 잃었다. 흔들리는 눈빛으로는 마주 볼 수 없어 사람을 피해서 숲으로 들어갔다. 숲속을 거닐다 보니 문제투성이인 나를 채근하지 않고 바라볼 용기가 생겼다. 이번에는 피하지 않았다. 어려서 배우지 못한 서로 연대하는 삶을 성인이 되어 배우려니 사람들 사이에서 살아갈 수 없을 것 같았다. 나를 지켜주던 사랑이 혼자 버려두고 떠난 것 같아서 어떻게 해야 할지 알 수 없었다. 있어야 할 자리를 찾았다고 생각했는데 그 자리는 다시 흔들려 영원히 사라져 버릴 것 같았다. 억울한 일은 사람을 가리지 않고 벌어진다. 하지도 않은 일로 사람들에게 오해의 눈빛을 계속 받다 보면 억울한 마음은 어느새 분노로 바뀐다. 오해의 시작만 있고 끝은 없는 괴로운 시간을 지날 때면 자기 안에서 자신을 파괴하는 말들이 연이어 쏟아진다.

억울하다고 파괴적인 말을 쏟아내며 감정대로 살 수 없었다. 내려앉은 감정을 끌어올려 다시 일어서기까지는 그만큼의 고통을 지나야 했다. 마음대로 되지 않는 아픈 나를 나무라지 않았다. 내 영혼의 가장 친한 친구는 나니까. 내가 먼저 용서받았으니 나도 용서기로 결심했다. 먼저 사랑을 받은 사람들이 자신의 한계를 뛰어넘는 사랑을 하는 것처럼 타인이 나를 오해하며 비난해도 나와 상대를 비난하고 싶지 않았다. 내리막길로 치닫는 생각을 위로하며 상황을 과장시키지 않았다. 가까웠던 사람들의 오해 앞에서 수동적으로 가만히 있는 것밖에는 할 게 없었다. 차창 밖의 풍경이 금세 바뀌듯 한없이 무거워지려는 감정을 애써 다른 것으로 돌렸다.

나는 살아있는 동안 내면의 고통을 이겨내고 더 깊은 곳으로 갈 것이다. 선물로 받은 꿈을 이루기 위해 최선을 다할 것이다. 결핍의 시간에 형성된 절박함이 나를 살아남게 했으니. 모난 시간을 버텨낸 만큼 하고 싶은 일을 하다가 떠나리라. 이 일을 이루기 위해서는 넘어야 할 산이 많다. 나의 부족한 재능과 한계 때문에 해야 할 일을 포기하고 싶을 때도 많다. 때로 상심이 덮쳐오면 거슬러 오르게 만들어 주는 꿈을 접고 떠내려가고 싶을 때도 있다. 이런 시간이 오래 이어지면 계속할 수 있을지 고민을 거듭하게 된다. 그러나 꿈을 포기하려고 하면 일상의 생명력이 모두 빠져나가는 것을 느낀다. 몸과 마음에서 죽음이 만져진다. 꿈을 포기하는 일은 스스로를 죽음으로 몰아넣는 일이다.

오해가 만들어낸 고통을 보지 않기 위해 차라리 눈을 감는다. 애써 사랑이 되어 살고픈 마음에 기적처럼 빛이 내려온다. 내가 어쩌지 못하는 아픈 감정이 사랑의 단칼에 잘려 나간다. 사랑이 나의 마음 깊은 곳에 속삭인다. 어떤 이유에서든 "네가 아프면 난 더 아프다고. 얼마나 애썼는지 네 마음 다 안다고." 사랑이 가만히 안아준다. 한계가 없는 사랑이 내 마음의 한계를 없앤다. 한없는 부드러움으로 단절의 경계를 무너뜨린다. 사랑은 언제나 곁에서 나의 고귀함을 일깨워 상처를 회복시킨다. 다정하고 친절하고 따뜻하게. 한낮과 한밤이 공존할 수 없듯이 한낮의 강렬한 빛은 내 삶의 어둠을 태우고도 남는다.

한낮의 빛이 드러낸 아름답고 눈부신 것들을
알아보는 눈은 한밤의 어둠 속에서 열린다.
내가 통제할 수 없는 밝음과 어둠은
모두 나의 소중한 감정들이다.

다시 만나서

진심으로 아꼈던 그와 헤어진 후에 몇 달이 지나 다시 만났다. 생각에서 떠나보낸 적이 없던 그였기에 가슴에서 꺼냈다고 해야 맞을 것 같다. 여전히 일부분을 차지하는 그는 간절한 나의 기도다. 그를 찾아간 것은 과거의 지난했던 관계로 돌아가려는 게 아니었다. 그와의 만남은 거무튀튀하게 착색된 것들과의 대면이고 회피하고 싶은 것들을 다시 바라보는 용기였다. 누구를 만나든지 있는 그대로의 모습으로 대하고 싶은 낮아진 마음의 용기였다.

이미 깨진 관계는 혼자의 진심만으로 회복되지 않는다. 서로를 향한 진심을 서로가 알아차림으로 이전보다 더 가까이 다가가면 모를까 뒤엎어지기 전으로 돌아가기는 어렵다. 그럼에도 지금 나의 바람은 잔존해 있는 좋은 마음이 되살아나길 기대하며 그와 마주 앉아 있는 것이다. 서로를 향해 좋았던 기억을 되살려 불신이 신뢰로 바뀌면 얼마나 좋을까. 어떤 상황에서도 죽음보다 삶을 선택하게 하는 사랑. 그와 함께 보낸 시간은 잊지 못할 의미로 새겨졌고 영혼의 일부분을 확장시켰다. 더 성숙한 세계로 나가는 문을 열어주었고 어긋날수록 관계에 드리워진 비장함은 꺾였고 오히려 자유로 이끌렸다.

그가 영영 볼 수 없는 곳으로 떠나지 않아서 다행이다. 이따금 씩이라도 볼 수 있으니. 여전히 아끼는 마음으로 그와 다시 만났을 때 모든 것이 그대로인 것처럼 잠시 행복한 착각에 빠졌다. 그의 얼굴을 보고 돌아온 저녁에는 그를 보기 전보다 더 마음이 아려왔다. 아픈 마음이 사랑이라면 그를 향한 내 마음은 확실한 사랑이었다. 그날 저녁 라디오에서 흘러나오는 가곡의 애절한 가사와 리듬이 그를 향한 내 마음 같았다. 영혼으로 노래하는 테너의 음색이 아직 아린 채 남아있는 남은 그리움을 들추어내었다.

그와 같이 있는 동안 그가 준 간식과 차를 마시며 그간 잘 지냈냐고 안부를 물었다. 그와 조금은 어색한 대화를 나누는 동안에도 내 마음은 그를 다시 만나서 한없이 기뻤다. 마주 보고 이야기를 할 수 있어서 좋았다. 세 시간 남짓 그와 단둘이 머물며 그와 같이 공유했던 추억을 더듬어 보았다. 지금도 여전히 사랑하고 있는 그가 앞에 있는 동안 나는 이런저런 이야기들을 했다. 당신을 미워한 적 없고 미워할 수도 없는 사람이라고. 그를 보기 전에도 그를 향한 내 마음은 닫힌 적이 없었다. 웃는 입은 마스크에 숨겼지만 웃는 눈마저 숨길 수는 없었다. 그에게 잘 지내냐고 묻는다. 그 물음의 속뜻은 그의 일이 궁금한 게 하니라 여전히 사랑하고 있다는 말을 우회해서 한 말이었다. 언제나 소원했던 것처럼 그도 나처럼 잘 지냈으면 좋겠다. 그에게 나의 이야기들을 들려준다. 그를 향한 내 마음은 전이나 지금이나 그대로다. 그로 인해 받았던 상처로 인해 나의 부족함을 돌아보니 내 마음은 사뜻해졌다. 내가 편안해진 것처럼 그도 나로 인한 상처들이 사라져 사뜻해졌으면 좋겠다. 그의 마음을 헤아려 제한적으로 말을 걸었다. 여전히 사랑하고 있다고 진심 어린 마음을 흘려보내며.

우리가 함께 다다르고 싶었던 푸르른 시절은 지금도 여전히 유효하다. 먹구름 빛 연기처럼 허공에 흩어질 수 없다.

삶은 언제나 그 자리에서 모진 시간의
모퉁이를 돌아오는 우리를 와락 끌어안아 준다.
그와 나에게 더 깊은 것들이 밀려와
성숙한 사람들로 깊어가기를.

당신만 곁에 있으면

　독립체로 태어난 한 생명은 자기 삶을 완성하기 위해 모체로부터 분리된다. 분리되는 틈새로 찾아든 본능적인 불안은 우렁찬 첫울음이 된다. 또 한 사람의 삶이 시작된 것이다. 목청을 드높여 우는 아기를 엄마는 품에 안고 놀랄 것 없다며 익숙한 심장 소리를 들려준다. 살아가다 서로의 존재를 더 이상 만질 수 없는 순간이 온다고 해도 나를 잉태하여 키워낸 심장 소리는 영원히 사라지지 않을 것이다.

　유한한 인생을 살아가는 한 사람에게 있어서 엄마라는 존재는 그의 숨이요 그가 살아갈 터전이다. 엄마라는 존재는 그가 살아가는 동안 평생을 사랑으로 이끌어줄 모든 것 중에서 모든 것이다. 이런 존재인 엄마와 죽음으로 이별함은 딛고 설 땅을 잃어버리는 일이며 전 존재의 사라짐이다. 품을 잃어버린 사람의 홀로서기는 위태하다. 잔잔히 부는 바람도 가혹한 것으로 느껴진다. 사정을 봐주지 않는 고통 앞에서 차라리 눈을 감아버린다. 눈을 떠도 어디로 가야 할지 알 수 없다. 부유스름한 삶의 연속에 둔중한 발걸음은 점점 느려지고 익숙한 심장 소리가 멈춘 자리에는 곧 벌채될 잡초만 무성하게 자란다. 외로움은 바람처럼 동의를 구하지 않고 마음대로 비집고 들어와 영혼을 짓밟는다. 일찍이 떨어져 내린 문은 정체성의 혼란을 막아줄 바람막이가 되지 못했고 외로움의 표적이 되어 모진 바람과 홀로 맞서다 길을 잃었다. 보호자가 떠난 마음의 집은 폭풍에 휩싸인 빈집이었다가 때로는 쐐기풀이 무성한 폐허가 되었다. 폐허가 된 집이 보이지 않는 밤이 오면 불안으로 뒤척이며 자기를 먼지라고 생각하였다.

엄마와 죽음으로서 이별한 후 모진 외로움을 뒤로하고 나는 다시 태어났네. 한정되었던 삶에서 눈을 들어 당신을 바라본 새벽 내 영혼의 눈이 뜨였네. 휘청거리던 영혼에 매일 찾아오던 햇살처럼 당신이 그렇게 나를 찾아오셨네. 매일 찾아오신 당신을 이제야 알아보았네. 이제 나는 당신만 곁에 있으면 무서울 게 없어라. 시작을 알 수 없는 때에 계획되었던 나를 위한 잔치가 베풀어졌네. 신의 눈물이 영혼에 흘러든 날 창조된 나를 찾았네. 나의 고유한 빛도 찾았네. 그 빛은 태어날 때 주어져 가려지지 않는 영원한 빛이었네. 나는 알았네. 유한한 삶에서 꼭 지켜내야 할 것은 사랑받고 사랑하면서 살아가는 것이라는 것을.

당신이 내게 말씀하셨네. 당신만 곁에 있으면 더는 외롭지 않을 거라고. 당신이 나의 눈물로 아픔을 씻어 기억 저편으로 보낼 거라고. 당신만 내 곁에 있으면 그 무엇도 두렵지 않을 거라고. 죽음 앞에서도 후회와 미련이 없는 삶을 살 수 있다고. 일찍 인생이 뿌리째 흔들려본 사람에게는 담대함과 용기가 생겨 고통과 결핍이 무한한 에너지로 전환된다고. 신의 사랑 안에서 다시 태어난 사람은 시린 세상을 끌어안을 위로가 된다고.

뒷모습

나뭇잎을 엮어 내 수치를 가려보아도 수치는 가려지지 않네
그토록 감추어 두려 했던 수치가 들추어지자
신의 사랑이 아무도 모르게 수치를 덮어 주었네
내 노력으로 해결할 수 없는 많은 문제와
불완전한 모습으로도 나 잘살고 있는 것은
신의 사랑이 위기의 순간마다 나를 도와주었기 때문이네

신을 사랑하여 죽음을 선택한 하나뿐인 아들이
그 사랑을 깨우쳐줘 나는 스스로 낮은 자리로 내려가네
낮추고 또 낮춰 품어지지 않는 것들을 품으려 가슴을 여네
낮아지면 밝아지는 내면의 빛은 어둠 속에서
헤매는 사람을 비추기에 알맞아라

굵은 밑동이 잘린 나무도 새순을 키워 하늘을 향해 두 손을 뻗듯
신을 사모하는 내 마음은 해가 더할수록 하늘과 맞닿네

내 인생에 아름다운 봄이 벌써 와 곁에 있는 사람의 손을 잡고
신이 가꾸어 놓은 천상의 정원에서 신을 사랑하는 이들과 노니네

나를 만드신 신께 최고의 경배는 사랑하며 사는 것
인간의 도리만으로는 한 사람도 사랑할 수 없어서
신이 덧입혀주신 사랑을 힘입어서 사랑하였네
주어진 시간에 사랑의 꽃을 피웠으니
시든 꽃잎에 베인 향기도 짙어라
무너져 내리는 사랑을 받은 사랑으로 일으키라고
신은 우리를 더 깊고 넓고 아린 곳에 두셨네
신 앞에 서야 할 마지막 순간이 다가올수록
숨길 것 없는 뒷모습에는 신의 평안이 깃들어 있네

물에 비춰진 존재

인간의 감각과 경험으로 익숙한 것에서 신성함을 발견할 수 있을까. 연못가에서 사는 나무는 두 번 산다. 한 번은 땅 위에서 또 한 번은 물속에서. 풀어헤친 연둣빛 머리카락은 수면위에서 미끄러지며 그네를 타고 물 표면에 드리운 몸짓은 나무였다가 이내 흩어져 물결이 된다. 물결 위에서 노닐다 다시 제 모양으로 돌아와 비춰진 존재로 나무는 두 번 산다. 모체나무에서 확장되어 물에 비춰진 물그림자는 허상이 아닌 우뚝 솟은 나무의 두 번째 모습.

새로운 아침이 밝아오면 하늘이 먼저 연못 위로 내려오고 나무는 제시간에 맞춰 옥빛이 도는 초록 물결 위에 자신을 비춘다. 물결 위에 드리워진 더없이 아름다운 적자색 고운 가지를 물결 위에 드리운다. 고정된 자리에서 자유를 찾아 이동하는 나무의 외출이다. 바람이 불면 옥색 수면 위에 나뭇잎 몇 장을 띄우고 물결의 일렁임을 따라 춤을 추고 바람이 불 때마다 수면과 맞닿을 듯 늘어진 연초록 치맛자락이 나풀거린다. 수면위로 흰 오리 떼가 물살을 가르며 지나가면 나뭇잎은 지나가는 오리 옆으로 비켜서고 비춰진 나무는 흩어졌다 다시 되돌아와 흔들리며 선다. 바람이 불어오면 바람결에 몸을 맡겨 흔들리고 바람이 지나가면 곧게 선다. 연못가에 사는 나무는 매일 물속으로 들어가 물 위에서 걸어 다닌다. 물결 위는 나무의 놀이터.

흙 갈색 나무가 늘어뜨린 황록색 가지가 하늘가에서 물결친다. 초록 물결 위에 띄워진 적자색 어린가지의 무르녹음이 아름답다. 물 위에 누워 매일 그네를 타는 나무의 일상. 본체가 뿌리를 깊이 내렸으니 물결 위에서 사는 나무는 흔들려도 되는 존재. 본체에 생명의 빛이 저장되어 있으니 그림자 나무는 마음 편히 흔들리며 선다. 주변을 지나는 사람들은 바쁜 발걸음을 멈추고 흔들리는 몸짓을 바라본다. 물결의 잔잔한 일렁임은 일상에서 멈춰버린 마음을 부드럽게 어루만져 풀어준다. 황록색가지가 바람에 몸을 맡기고 그네를 타는 풍경을 바라보며 마음이 쉬어갈 수 있게.

모자를 쓴 초상 6   53x45.5cm_Oil on canvas_2021

빛과 그림자

　　내 안에 선함과 악함이 공존해 있다. 빛이 있을 동안 그림자도 같이 있는 것처럼. 나의 선한 행동에도 악함은 눈에 띄지 않는 크기로 같이 있다. 선이 나를 지배할 때는 악이 선에 의해 통제되어 나는 한없이 착한 사람이 된다. 그러나 고통이 한계치를 넘어가 이성의 통제를 벗어나면 감춰져 있던 어둠이 내재되어 있던 악함을 드러낸다. 악함이 드러날 때마다 가장 먼저 상처받은 것은 자신이다. 낯선 악함이 선을 따라 살아온 삶을 무너뜨릴 것 같다. 고뇌는 말로 줄줄이 쏟아져 비워져야 마음이 사막이 되지 않는다. 자신을 집어삼키는 분노는 분출되어 쏟아져야 파괴의 힘이 사그라진다. 갈앉혀진 삶의 부유물들은 수면위로 떠올라야 혼자 있어도 불안하지 않다. 갈등을 유발하는 혼탁한 것들 안에는 나를 자유롭게 할 지혜가 숨겨져 있다. 내가 갈앉힌 부유물에는 해결되지 않는 고통이 숨어 있어 이 모든 것들로부터 치료되기 위하여 휘저어 혼탁해져야 한다. 아무리 고통을 휘저어도 더 이상 혼탁하지 않은 맑음이 되기까지 내 안의 모순들이 밖으로 드러나 해결되어야 한다. 좋게 되기 위해서는 좋지 않은 것들을 먼저 버리는 게 첫 번째 해야 할 우선순위다. 그런 후에야 내 삶은 자유와 평안에 이를 수 있다.

선함은 숨겨져 있던 또 다른 선함을 이끌어 내고 악함은 끝을 알 수 없는 악함의 줄기를 줄줄이 드러낸다. 선한 일을 하며 살기로 인생의 방향을 정한 사람들과 좋은 일을 해보겠다고 분주하게 움직인다. 선한 일에 뜻이 맞는 사람들과 동행하면 나도 선한 사람이 된 것 같은 생각이 든다. 그러나 그 선함도 언제까지나 반쪽이다. 끝까지 선한 뜻으로 흔들림 없이 살아가기에 우리는 불완전한 사람들이다. 악에 노출되면 내 안에 있었는지 인식하지 못했던 악이 줄줄이 드러난다. 사는 일을 포함하여 죽는 그 순간까지 절대 선에 도달할 수 없음을 자각하는 순간이다.

광명한 빛 앞에서 그림자는 숨겨지지 않는다.
내면에는 끝도 없이 재생산되는 어둠이 있다.
어둠이 그림자를 수면위로 끌어올려 밝은 것들을 짓뭉갠다.
선함에 가려져 있던 어둠이 지나온 삶을
흔들며 부정하려고 활개 친다.
선함과 악함이 싸우는 일상이라는
전쟁터에서 그래도 선을 택하여

맑고 깨끗한 선함으로 사람들의
사이를 가로막는 어둠과 맞서며
밝고 따뜻한 선함으로 가슴 가슴에 흘러들고 싶다.
선한 호흡으로 살려고 해도 사람은 악에 빠질 수 있고
악함의 소용돌이에 빠져도 빛으로 헤엄쳐 나올 수 있다.
삶이 다 할 때까지 사람이 할 수 있는 일은 악함에서 돌이켜
선한 등불을 밝히는 것과 서로의 등불이 꺼지지 않도록
평생을 두고 선한 삶을 위해 삶의 방황을 전환하는 일이다.

사랑과 희생의 두 기둥

지금까지 나의 삶이 지탱되고 있는 이유는 사랑과 희생이라는 두 기둥이 받치고 있기 때문이다. 관계된 사람들과의 관계가 깊어지는 것은 행동하는 사랑의 결과다. 사랑은 무너지는 것들과 우뚝 서 있는 것들 사이에서 균형을 잡게 도와준다. 사랑은 얼마만큼 배려하고 희생하느냐에 따라 그 진정성이 증명된다. 여전히 유효한 사랑은 희생으로 지속된다. 사람을 살리고 세우는 값진 희생은 사랑이 아니면 불가능하다. 한 사람이 온전히 세워지는 것도 사랑과 희생의 역할이다.

온전한 사랑은 언제나 먼저 자신을 사랑하는 것으로 이어진다. 자기 사랑이 사랑의 기본이기에 그렇다. 나는 온전한 사랑을 할 수 없다. 사랑하기 위해 애쓰고 있을 뿐. 생명의 불꽃이 꺼질 것 같은 사람도 누군가의 진심 어린 돌봄으로 생명이 유지되고 연장된다. 날카로운 사람도 진심 어린 사랑을 받으면 이전과는 다른 사람이 된다. 사랑은 언제나 서로를 환대하여 연대의 불로 다시 피어오

른다. 우리는 서로를 돌보고 서로에게 의지하고 지키고 보호해야
한다.

　나는 마음의 기본값을 사랑과 희생으로 정해두었다. 미약하나
마 누군가에게 위로가 되고 힘이 되고 싶어서다. 우리들의 생명은
서로 연결되어 있다. 내가 살아야 그도 살고 내가 죽으면 그도 죽는
다. 내 마음이 빛날 때 그의 마음에도 빛이 전달된다. 내 삶이 환희
로워야 그의 삶도 환희로워진다. 우리는 결코 혼자 살 수 없다. 우
리가 눈뜨면 바라보는 하늘에는 위로가 필요한 사람들의 외로움이
공기처럼 퍼져있다.

사랑은 모든 것들의 모든 것

자주 혼자만의 공간에 나를 놓아두어도 사랑이 같이 있으니 괜찮아

지금의 나를 있게 한 유일한 사랑이 끝까지 감싸주니까

내가 사는 동안 빛내주었고 죽음을 거쳐 영원한 생명으로

옮겨지는 순간에도 내 곁에 있을 것을 알고 있어

다시 살게 하는 사랑 그 영원한 사랑으로 여기까지 왔잖아

태어난 순간부터 지금까지 너는 나의 모든 것이었어

변하고 흔들리는 것들처럼 한순간도 일부였던 적이 없었어

표면적인 것들이 일차원적인 것으로 나를 규정해도

너는 내가 얕은 것으로 규정될 수 없는 깊음인 것을 알고 있어

너는 굳게 닫힌 마음을 여는 유일한 법을 알고 있고

해야 할 것과 하지 말아야 할 것의 분명한 기준을 알고 있지

너는 그 누구의 마음도 억지로 열려고 하지 않지만

오래 닫혀있던 것들이 네 앞에서는 스스로 열려

너는 맞지 않는 짐을 사랑이라는 이름으로 덧씌우지 않고

언제나 두려움은 몰아내고 혼란은 잠잠케 했지

둘러싼 어려움을 넘어서서
어려워도 의연하게 사는 법을 가르쳤어

너는 내게 알려줬어 내가 누구며 어디에서 왔고
무엇을 위해 살다 어디로 가야 하는지
함께 살기 위해 마음이 헤집어진 날에도
너는 나를 다독여 사랑 그 영원한 사랑으로 붙잡아 주었지
반복되는 갈등의 핵심을 보는 눈을 열어주었고
흔들림은 깊어지는 과정 중에 끼어드는 소나기일 뿐이라고
유일한 사랑이 호위하여 지금까지 산 것이지 우연이 아니라고
살아있을 때 나를 지켜주었던 사랑이
죽음의 순간에도 나를 지켜줄 것이라고
나는 말했어 그 진실한 사랑을 믿는다고

순전하여

당신은 나의 심장 나의 호흡

이 세상 그 무엇이 당신을 향한 내 마음을 빼앗아 갈까

사람 폭풍이 불어와 울며 걷다 당신으로부터 멀어질까

당신만을 바라는 일편단심이 이른 죽음에 에워싸이면 나눌까

안개 바람에 휩싸이면 당신을 향한 내 마음이 흩어질까

당신이 폭풍이 되어 소중한 것들을 가져가면 떠나게 될까

당신이 없는 것 같은 시간이 오래면 흔들리다 뒤돌아설까

인생 사막을 지날 때 모래바람 불어와

당신이 희미하게 보이면 방황할까

짧은 인생에 탄식의 비바람이 그치지 않으면

메마른 바람이 될까

앞이 안 보이는 캄캄한 어둠 속에 던져져도

더듬어 당신을 찾아갈까

보석에 눈이 멀어 곁눈질하다 휘황함을 따라가 버릴까

당신에게 속하지 않은 것들이

내 삶의 중심을 차지하게 될까

내 존재의 근원인 당신이 없으면 나는 어찌 될까

밤의 산책　91x117cm_Oil on canvas_2021

웃음이 들어올린

　관계 맺음을 통하여 우리는 받은 사랑을 돌려줄 수 있다. 마음에 사랑을 품으면 그 사랑이 관계 안에서 옮겨간다. 점심 먹으러 집에 온 딸이 발그레한 볼살이 귀엽다며 갱년기로 달아오른 내 얼굴을 깨문다. 홍조 띤 얼굴이 딸의 눈에는 귀엽게 보였나 보다. 이로 깨물어서 살짝 패인 자국을 남기고 침을 묻혀놓았다. 동그란 얼굴에 광택이 난다며 콕콕 찌르며 귀여워 어쩔 줄 모른다. 그러면서 엄마는 "존재 자체가 귀여워!"라고 말한다. 나는 딸의 애교에 아이처럼 봉긋 솟은 볼과 반쯤 감긴 눈으로 한참을 웃는다. 어떤 날은 딸이 통통한 나를 끌어안고 절구 방아 찧듯이 발바닥을 바닥에 찍고 몸을 위로 들어 올리기를 반복한다. 힘이 어디서 나는지 무거운 나를 안고서 빙글빙글 원을 그리며 돌기도 한다. 딸이 나를 들어 올려 예뻐해 주는 날에는 내 안의 여섯 살 아이가 깨어나 행복해한다. 엄마에게 사랑받은 아이의 마음이 이런 마음일까? 추위가 물러가면 봄볕의 따스함이 어김없이 비춰오듯 노력하지 않아도 찾아오는 따스함에 한없이 행복한 이런 느낌.

고유한 목적을 가지고 생명으로서 존재하는 것들은 우리를 삶으로 들어 올린다. 유월의 정원에선 목숨 빛 아름다움이 꽃으로 피어난다. 이른 아침 꽃을 보는데 문득 '알 수 없음'이라는 단어가 계속 나를 따라다녔다. 알 수 없음의 혼돈에서 벗어나는 길은 사랑하며 사는 것 외에는 없지 않은가. 사랑하면 모호함에 대한 답을 알게 되고 혼란케 하는 것들은 질서가 잡히게 마련이다. 질서가 잡히면 삶은 안정되고 병적인 갈망은 멈춰진다. 사랑의 근원에 닿으면 나를 쥐고 흔들던 욕망이 힘을 잃고 나는 우연히 생겨난 존재가 아닌 것을 알게 된다. 죽음에서 벗어나기 위해 형태가 바뀐 또 다른 죽음으로의 도피도 멈추게 된다. 우리는 죽음을 통해 지상에서 살아낸 삶을 가지고 천상으로 올라간다. 죽음은 소멸이 아니고 영원으로의 이동이다. 우리가 살아온 삶이 죽음 이후에도 소멸되지 않고 남아서 천상으로 옮겨지기 때문에 죽음의 상태 '알 수 없음'에서 삶의 상태 '앎'으로 돌아서야 한다. 딸의 사랑이 웃음으로 마음을 들어 올려 기다림과 고독의 시간도 함께 들어 올려졌다. 유리문에 반사되어 흔들리는 짙푸른 초록빛이 일상을 생기로 들어 올리고 매일 돋아나는 새싹이 희망으로 삶을 들어 올린다. 묵직한 삶이 자아내는 무거움을 기쁨이 들어 올려 가벼운 걸음으로 걷다 보면 버티는 삶도 살 만해진다. 내가 누구이며 어떤 삶을 살아야 하는지 알면 지상에서도 이미 천국을 산다.

정제되지 않은 사랑

오늘은 추석이다. 해마다 명절에는 어머니가 계신 시댁으로 내려간다. 명절에 내려가는 주된 이유는 시어머니를 뵙기 위함이었다. 이번에는 상황이 달라졌다. 어머니가 우리와 함께 살게 된 것이다.

주간 보호센터가 명절에는 휴무여서 집에 계신 어머니를 모시고 남편과 가을산책을 나갔다. 제법 규모가 큰 야산 같은 동산에 올랐다. 자연으로 나오니 어머니가 살던 고향 생각이 나서 마음 한쪽이 저릿했다. 어머니가 떠나온 고향이 기억에서는 가물거려도 심연에는 그리움으로 남아있을 것 같았다. 시골 풍경과 비슷한 동산에 올라가 쉬는 동안 어머니의 마음이 평안하길 바랐다. 평생을 살아온 그리운 고향이 떠오르면 어머니의 기억력이 살아날까. 흙을 벗 삼아 살아온 어머니에게 고향을 닮은 풍경을 보여드리고 싶었다. 그러면서도 한편으로는 고향의 고유한 정취나 낯선 도시의 풍경이 어머니에게는 매한가지면 좋겠다고 생각했다. 어느 곳에 있든 보호받으며 살면 된다고. 아들이 어머니 곁에 있으니 이것이 최고의 행복이 아닐까. 누구나 그리움이 깊으면 병이 되고 가고 싶은 곳에 가지 못하면 가슴이 아프니까. 평생 살던 터전을 떠나 이방인이 된 어머니를 보고만 있어도 익숙한 것들과의 결별에서 오는 아림이 느껴졌다.

송충이가 오리나무 잎 살을 모조리 갉아 먹어 잎맥만 앙상하게 남아있다. 갈참나무는 무르익은 도토리를 떨어트려 보일 듯 말 듯 잎 아래에 숨겨놓았다. 깍정이에서 분리된 도토리는 갓 태어나 반들거리며 윤기가 났다. 떨어진 도토리는 나뭇잎 사이로 숨어들었다. 잡목으로 우거진 동산을 오르다 보면 동산 중간을 가로질러 갈참나무와 자작나무들이 병풍처럼 둘러서 있는 오솔길이 나온다. 그 길을 걸으면 바스락바스락 발아래서 마른 잎 부서지는 소리가 들린다. 폭신한 낙엽이 사뿐히 내려앉은 숲은 그 위에 눕고 싶을 만큼 포근하고 안락해 보인다. 황갈색 잎은 온 지면을 덮고도 남을 만큼 쏟아져 내린다. 두 손 잡고 숲길을 느리게 걷는 엄마와 아들은 아이들처럼 즐거워 보였다. 엄마와 아들은 지팡이도 되고 나뭇잎을 헤치기에도 적당한 나뭇가지를 손에 들었다. 가을빛이 가지위에서 지면으로 내려와 산란하게 아른거리고, 바람이 가로질러 지나는 숲속 오솔길, 천상의 시간이 지상에 내려와 멈춰버린 것 같았다. 자연의 향기와 소리, 고요를 머금고 미세하게 흔들리는 나뭇잎의 움직임으로 채워진 숲은 한낮에도 고적하게 아름다웠다. 태곳적 고요가 깃든 것 같았다. 갈참나무가 줄지어 서 있는 오솔길을 다 내려갔을 때 도토리를 줍는 할머니를 만났다. 어머니는 양손에 가득 재미 삼아 주운 도토리를 할머니의 배낭에 넣어 주셨다.

따스한 가을의 한낮 아들과 함께 갈참나무 잎을 헤치며 도토리를 줍는 어머니는 한없이 행복해 보였다. 한 손에 가득 채워지면 도토리를 줍는 할머니들이 가져가라고 움푹 들어간 바위의 가장자리에 모아두었다. 빨간 바탕에 동백꽃이 그려진 깃을 세울 수 있는 어머니의 붉은 옷이 높고 푸른 하늘과 숲의 초록빛깔과 어우러져 더욱 붉고 곱게 보였다. 나는 아들의 손을 꼭 잡고 걷는 노모의 뒷모습을 바라보았다. 그 모습에는 아름다우면서도 위태한 슬픔이 서려 있었다. 제때를 맞이한 가을이 제모습으로 무르익어 한낮의 햇살 아래서 반짝이더니 점점 갈잎의 퇴색 빛 속으로 사라져갔다.

숲속을 벗어나 걸어 내려오니 흰 꽃 만발한 배롱나무가 하늘을 무대 삼아 춤추고 있었다. 아들이 엄마의 손을 씻기려고 물을 틀었을 때 은빛 물은 곡선을 그리며 공중으로 솟아올랐다가 맞잡은 손위로 방울져 내려왔다. 서로의 손가락 사이로 비집고 들어와 포개진 아들과 엄마의 손은 은빛 물의 반짝임처럼 아름다웠다. 아들은 엄마의 손을 자기 손으로 감싸 안고 살이 없어 주름진 얇은 손을 부드럽게 어루만지며 씻겨드렸다. 찬란한 가을 햇살이 물방울에 머무는 오후. 하늘로 솟구친 물방울에 빛이 머무는 동안에는 물도 보석이 되었다. 햇빛이 물방울을 투과하여 보석처럼 빛나게 만들어주었다. 원시림 같은 숲을 지나온 바람과 햇살은 정제되지 않은 순수한 사랑과 닮아 있었다.

우린 가을 숲속에서 불어오는 맑은 바람을 등지고
햇살의 배웅을 받으며 집으로 돌아왔다.

모자를 쓴 초상 3   53x41cm_Oil on canvas_2021

죽음은 소멸이 아니라고

큰길가에 거목으로 서 있는 목련은 피었는지도 모르게 순간에 머물다 찬란한 아름다움으로 떨어져 내린다. 흰 꽃잎은 다시 돌아오기 위해 제자리로 돌아가며 나무 밑동으로 내려와 수풀 사이에 다시 피어난다. 꽃잎은 살포시 내려앉은 자리를 순백으로 뒤덮는다. 지상으로 내려온 꽃은 순백의 계단을 만들어 뒷모습마저 아름다운 환한 길이 된다. 흰 꽃이 수놓은 계단을 오르며 나의 마음도 메마른 가슴을 품어줄 말랑한 꽃잎이 된다. 꽃은 기쁨을 머금고 피었다 겸손으로 떨어져 소망을 담은 초록 잎으로 다시 피어난다. 목련꽃 지고 펼쳐진 초록 잎이 인생의 여정에 항상 동행하는 희망처럼 푸르다.

새들이 서로 입 맞추어 합창하는 공원에 심겨진, 손에 잡힐 듯 작은 나무에도 고매한 목련이 피었다. 하늘에 계신 임을 사모해서일까 일제히 얼굴을 들어 눈을 맞춘다. 사람 편에서 보면 목련의 아름다움은 곧 떨어지는 짧고도 짧은 아름다움이겠지만, 목련의 찬란한 시간은 충만하고도 충분한 시간이리라. 아름다운 시간들이 너무 짧게 느껴지는 고단한 삶에서 피어난 흰 꽃은 그만큼의 아름다움이면 충분하다고 말하듯 나무와 분리된다. 죽음의 때에 육체에서 영혼이 분리되듯이. 고귀한 영혼을 품어 뜻을 펼치게 일생을 도와준 육체는 쉼을 누리고, 천상에 속한 영혼은 주님과 함께 영원히 산다.

삶의 발자취가 죽음에 소멸되지 않듯 흰빛은 떨어져 흙이 되고 물이 되고 바람이 되어 만물을 다시 소생시킨다. 영원한 것의 주인이신 하나님은 우리의 일생을 읽고 계신다. 우리는 지상에서의 삶이 끝나면 살았던 삶 그대로 영원한 천상의 시간 속으로 옮겨진다. 가슴에 기록된 사랑했던 사람들과 함께.

죽음은 소멸이 아니라 영원으로의 이동이기에
영원히 남아있을 인생의 발자취를
어둠 속에 남겨두고 떠날 수는 없다.

직진하는 빛

굴곡진 것들에게서 뿜어져 나와 거침없이 달리는 빛. 뒤돌아보지 않고 목적한 곳으로 직진하는 빛. 변동 없이 멈추지 않고 깊고 단단한 삶을 살기 위해서는 내재된 빛이 필요하다. 일정하고 고르게 지탱되는 삶도 외부에서 생성된 새 빛이 매일 부어져야만 가능해진다. 본그림자를 밝히려고 존재하는 빛은 표면적인 삶에 매일 찾아온다. 표면에 머무는 삶으로는 나로 존재할 수 없다. 영혼의 눈이 감겨 매일 찾아오는 빛을 볼 수도 없다. 명백하게 존재하는 것들도 어둠에 가려져 있으면 알아보지 못한다. 사는 동안 평생 알지 못해도 되는 일이 있으나, 알지 못하면 치명적인 일도 있다. 그것은 죽음에 관한 일이다. 땅의 끝과 하늘의 시작이 맞닿아 연결되는 때. 경이로 시작된 삶의 끝에는 심판이 있다는 것이다. 생명과 사망이 결정되는 심판의 순간에 우리는 살아있음으로 존재가 증명되어야 한다.

눈이 인식하고 만질 수 있는 나의 실체는 언젠가는 흙의 일부로 흡수된다. 태어난 것들이 빛을 만나지 못하면 세월에 그냥 흩어지고 만다. 살아있는 동안 빛이 내 존재의 중심부를 관통하지 않으면 실체는 영원한 어둠에 머문다. 빛은 매일 찾아와 어둠에게 제 존재를 알려준다. 어둠으로 끌려들어 가는 것들의 앞을 기필코 막아선다. 한때는 나도 약간의 빛이 통과된 반그림자 상태로 존재할 때가 있었다. 정체성이 깨졌을 때는 빛이 전혀 닿지 않는 본그림자 상태로 존재하기도 하였다. 서른 초반 고통이 나를 깨웠고 빛이 나를 관통했다. 그 후로 내가 누구인지 정체성에 대한 해답을 찾았다. 내 영혼에 찾아온 빛이 내 삶의 진행 방향을 바꾸었다. 빛은 섬세함과 거침이 공존하는 내면을 비춰 굴절된 어둠을 반듯하게 폈다.

순탄이란 단어보다 역경이란 단어가 익숙한 인생이 있다. 순탄이라는 단어처럼 평평하고 매끄럽고 잔잔한 표면에 들어온 빛은 일정한 방향으로 반사된다. 반대로 역경이라는 단어에 걸맞게 딱딱하고 굴곡진 거친 표면에 들어온 빛은 여러 방향으로 흩어져 반사된다. 굴곡져 거칠어진 인생에 빛이 비쳐오면 여러 고통을 비추는 다채로운 빛이 된다. 처음부터 제대로 되었던 것, 정돈된 것, 저항하지 않았던 것, 거슬러 올라가려고 시도하지 않았던 것들은 역경 앞에서 약하다. 소멸시키려는 것들의 압력을 견디기에 힘에 부친다. 빛과 어둠이 고루 섞인 굴곡진 인생이라야 고통을 뛰어넘어 진한 향기가 되니 삶은 공평하고 아름답다.

직진하는 빛이 고뇌로 굴곡진 곳에 곡선으로 내려오면 어둠은 산산이 조각난다. 매일 일상에 찾아오는 빛이 어둠을 휘감고 날아가니 우리는 앞으로 나가면 된다. 서로의 손을 잡고 어둠을 뚫고 빛으로 직진하라. 범위를 벗어나지 않고 단순 반복되는 일상에서 사랑으로 직진하라. 빛이 태어난 곳으로부터 흔들림 없이 직진하듯이 모든 혼란을 확신으로 바꾸어줄 빛과 함께 직진하라.

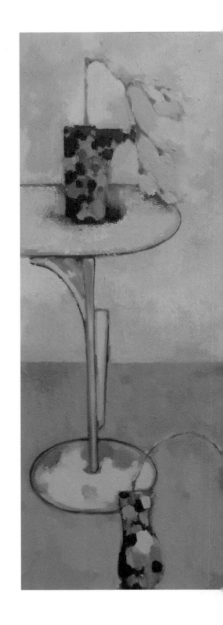

연인 73x91cm_Oil on canvas_2021

찾아오셨네

빛을 잃어버린 당신의 형상에 찾아오셨네
분간할 수 없는 어둠 가운데서 내가 나를 잃어버린 동안
긴 시간의 방황을 끝낼 수 있게 나를 찾아오신
당신의 그 따뜻한 품속에서 나 참회의 눈물을 흘렸네
사랑, 그 영원한 사랑이 깊은 잠에서 나의 전 존재를 깨우던 날
내 영혼은 멈추지 않는 눈물에 띄워졌네
나 이제 슬퍼 울지 않고 사랑에 감격하여 울며
나를 안고 흘리신 주님의 눈물을 내 눈물로 씻겨드리네

공평을 인정하며 감사의 눈물 흘릴 때
지금 모습 그대로 만족함을 고백하고
나를 빚으신 당신을 따라 살지 못해 바보처럼 울 때
더디지만 성장하고 있음에 위로를 받네
한계 앞에서 한숨과 절망으로 주저앉을 때
당신만 있으면 깊은 어둠도 넘어갈 수 있다고

먼지와 티끌 때로는 한숨이었을 내가 아직도 푸르러
내 곁에 계시는 당신의 심장과 손길을 느끼네

그리운 당신과 함께 있고 싶어서 새벽에 몸을 일으키면
당신을 만날 생각에 비틀거리던 잠은 멀리 달아나고
기적처럼 잠에서 깨어 고요히 당신 앞에 앉아있으면
당신은 내가 너를 사랑한다 속삭이며 눈물을 닦아 주시네

당신을 사랑하므로 흘리는 멈추지 않는 눈물은
늘 곁에 있는 사랑에 대한 감사요
매일 짓는 죄의 씻음이요
받은 사랑에 대한 화답이요
당신의 마음이 내게로 와 머묾이요
아픈 영혼을 위해 흘리는 당신의 눈물이
내 영혼을 통하여 흐르는 것이라

헤아려보아라

익숙한 고독 속에서 홀로 눈을 떠도 내 영혼은 평안해
지상에서 듣는 하늘의 속삭임이 만져지듯이 들려오니까
얼거리 안에 있는 사랑은 언제나 태평하고 고요한 것만 같아
불멸의 사랑이 내 곁을 떠나 멀리 있게 느껴지면
절박함이 자아낸 거친 마찰음은 더 소란스러워
조급함을 뒤로하며 인내하던 시간은 헛되고 공허한 것 같아
보이지 않고 잡히지 않는 것들에 대한 인내의 시간이
내 영혼에 슬픔으로 잔물지듯 흘러들어와

어둠을 밝힐만한 부푼 기대와 소망으로 한 해를 시작했는데
눈물지을 일이 유독 많았던 한 해가 저물어가네
불완전함의 극단에서 관계를 조율하느라 비틀거리며 잠이 들었지
새벽을 지나 저물녘까지 물러나지 않을 것 같았던
 어둠의 시간들이 물러갔어

희미하게 보고 듣고 손에 잡히던 것들이

사라져 버린 것 같았던 순간에도

나는 하던 일을 멈추거나 그만두지 않고 계속했지

초겨울 하늘빛을 닮은 깊고 아름다운 고독이

무채색으로 변해 녹아버릴 것 같이 메마른 나의 영혼에 속삭였어

죽음의 옷감으로 손수 지어 입혀준 생명의 옷을 입은 너를 보아라

목숨을 버려 지은 옷을 입고 있는 너의 일생을 보아라

내가 너를 사랑으로 감싸 안고 있는데

사랑 이외에 무엇이 더 필요한지

너는 내 마음속으로 들어와

너를 사랑하는 나의 마음을 헤아려 보아라

최고의 사랑

    내 마음의 수첩에 새겨놓은 이름들. 시간이 더할수록 더 많아져 빼곡하다. 소망의 길을 가며 한 사람 한 사람을 위해 기도하기 위해 적어놓은 이름들이다. 작은 가슴으로 귀한 이름들을 품었다. 살아있으니 기도는 계속되었다. 그러나 벌써 몇 명은 죽음으로써 내 마음의 기도 수첩에서 지워져 추억이 되었다. 안타까움과 고통까지도 끌어안고 한 사람을 위해 인내의 기도를 계속하는 데는 분명한 이유가 있다. 하나님께서 나의 기도를 들으시고 기도한 대로, 어떤 때는 기도보다 더 좋게 그들의 삶을 돌봐주실 것을 알기 때문이다. 내가 드리는 기도가 반드시 하나님의 때에 하나님의 뜻대로 이루어질 것을 나는 믿기에 기도한다. 내 마음의 수첩에 새겨진 이들을 위한 나의 최고의 사랑은 기도다. 먼저 하나님의 사랑을 받은 사람으로서 기도로 사랑을 전하는 것이 마땅하기에 기도한다. 마땅히 가야 할 길을 가는 사람에게 힘든 일이 생기는 것은 당연하다.

    마음에 기록된 사람들을 위해 멈추지 않는 기도를 하기 위해서는 내 마음이 먼저 사랑으로 충만해야 한다. 매일 사랑하는 삶을 실천하기 위해서는 내게도 깊은 사랑이 공급되어야 한다. 지금보다 더 나은 시간을 바라며 마음 상하기보다 마땅히 해야 할 일을 하며 그 시간을 견뎌야 한다. 오직 사랑만으로 나를 사랑해준 그 사랑이 모든 순간마다 나를 감싸 안아주었듯이 모든 날 동안 나도 사랑으로 존재하리라. 사랑은 고통과 긴밀하게 연결되어 있다. 사랑은 감당하기에 쉽지 않은 고통 안에서 새롭게 태어난다. 사랑은 여전한 고통의 모습으로 우리의 삶에 부딪혀온다. 사랑에 관해서 만큼은 해야 할지 말아야 할지를 선택할 수 없다. 사랑은 언제나 무조건적인 실천을 요구하기에 무조건적으로 사랑하지 못하면 내 삶도 흔들린다. 고귀한 사랑을 실현시키는 겸손은 고난으로서 완성된다. 오랜 고통에 의미를 부여한다고 해도 고통은 마음을 단단하게 하기에 무능하다. 오히려 더 많은 것을 체념하게 할 뿐이다. 고통의 한가운데서 나를 붙드는 하나님의 사랑이 고통으로부터 자유에 이르게 하는 것이다. 언제나 높은 곳으로 오르는 길에는 상한 마음이 흩어져 있다. 그러나 이 기쁨의 고통을 영혼에 새겨진 이름들과 기꺼이 나누며 오늘도 걷는다. 우리가 우직하게 걸어간 길 끝에는 영광만 있고 아쉬움이나 후회는 없을 거라는 것을 나는 안다.

나는 살아있는 동안 마음에 품은 사람들에게 엄마의 품이 되어주고 싶다. 나의 시간이 다할 때까지 내 마음에 새겨진 사람들의 영혼에서 희망으로 넘실거리고 싶다. 매일 기도하며 부르는 그들과 죽을 때 후회하지 않는 삶의 방식으로 살다가 사랑으로 힘써 살아낸 삶을 남기고 떠나리라. 고귀한 순례길을 함께 걷는 동안 힘이 되어 준 영혼에 새긴 이름들과 같이.

이름을 부르며 아뢰는 기도는 내가 죽음으로 옮겨질 때까지 지속될 것이다. 간절한 기도는 신의 가슴에 기록되기에 나는 기도한다. 기도는 허공을 치고 흩어지는 소리가 아니기에 기도한다. 생살 찢기는 것 같은 고통이 반복될 때도 기도한다. 참고 적응하려 해도 처음 겪는 날카로운 고통 앞에서 웃음을 잃지 않기 위해서 기도를 놓지 않는다. 나의 기도는 가난한 영혼의 노래이며 울며 추는 춤이다. 익숙한 고통 중에 신의 손을 잡고 부르는 노래다. 눈물 없이 아뢸 수 없는 기도. 고통을 피해 달아나려 해도 고통은 뭇 영혼을 품은 나를 놓아주지 않는다. 고통을 통해서만 도달할 수 있는 깊은 안식으로 인도할 뿐이다.

함께 부른 희망의 노래

　　나를 위해 죽음을 선택한 당신의 절대 사랑을 알았습니다. 사랑받을만해서 사랑한 게 아닌 것도. 나는 그 사랑에 감격하여 당신의 발아래에 꿇어앉습니다. 당신의 손을 잡고 건너간 위태한 시간과 보호의 품에서 지나온 여정들이 글이 됩니다. 당신의 사랑은 내 안의 나쁜 것들의 힘을 무효 시키고 악한 것들을 소멸시키고 선한 것들을 되살렸습니다. 고통과 기쁨의 조화 속에서 나의 삶도 균형이 잡히고 글은 일상에 깊이 뿌리를 내립니다. 얼룩진 어둠을 지나 내게 온 화창한 것들을 당신의 언어로 전해 주려 합니다. 당신이 부른 소망의 노래를 함께 부르기에 나는 자격이 없고, 끝도 없이 반복되는 문제로부터 숨고만 싶지만 자격이 없음을 아는 것이 당신이 내게 머무는 까닭인 것을요. 아픈 것들로 지어 부른 소망의 노래를 같이 부르는 동안 소중한 사람의 아픔들이 빛에 닿는 순간이 오면 좋겠습니다.

　　특별할 것도 없는 삶으로는 글을 짓기에 부족한 것 같습니다.

그러나 지금 살아있음이 서로에게 희망이 되어 글을 짓기에 충분합니다. 늦은 밤 글로 사랑을 고백하는 동안 눈물이 뚝뚝 떨어져 글씨가 번지는 순간이 많았습니다. 내 마음은 깨지기 쉽고 감수성으로 촉촉한 그릇 같아서 언제나 당신의 사랑에 감격하여 눈물짓습니다. 영혼의 이 깊은 감격이 오늘도 나를 살게 합니다. 당신께 받은 사랑을 전하렵니다. 당신이 원하는 곳으로 가서 다시 살게 하는 소망이 되렵니다. 당신을 울게 하는 곳으로 가서 사랑의 향기 되리이다. 당신이 입혀준 빛의 옷을 입고 조각난 슬픔을 비추리이다. 누군가를 사랑하는 일이 말할 수 없는 고통이 되어 돌아와도 뒤돌아서지 않으리이다. 짙게 드리운 그림자가 하루를 살아낸 저물녘에 따라와 곁에 누워도 항구적인 감사로 잠이 들겠습니다.

먼지와, 어느 때는 한숨이었을 작은 사람. 이런 내가 당신의 빛에 그늘을 드리울까 두렵습니다. 한 걸음 한 걸음 옮길 때마다 허물만 쌓는 나의 삶이 당신의 영광의 빛을 가릴까 봐. 나는 당신보다 앞서가지 않기 위해 기도하고 당신 곁에 머물며 마음을 헤아립니다.

홀로 존재할 수 없는 사랑

홀로 존재했던 사람이 하늘이 내려준 짝을 만나 살수록 더 아끼며 사랑하였네. 깊은 바다 같은 사랑은 언제쯤 시작된 것일까. 우리의 사랑은 바다의 완충지대 같이 고요한 사랑이어라. 홀로 존재할 수 없는 이 사랑은 곁에 있으므로 서로를 성장시키는 사랑이라. 우리의 사랑은 한여름의 이글거리는 열기를 온몸으로 받아내며 견딘 사랑이라. 겨울이면 뼛속까지 파고드는 추위를 이겨내며 서로의 품으로 파고들어 연합을 이루어낸 인내의 사랑. 장애물을 끌어안고 성숙하기를 기다리며 온전함에 이른 사랑이라. 이해로 깊어진 사랑은 가뭄에도 솟구치는 샘물처럼 여전한 사랑이라. 서로가 있어 위태한 중에도 헤세드의 사랑으로 소생한 신뢰를 겸비한 사랑이라.

홀로 존재할 수 없는 우리의 사랑. 더 많은 사람이 서로를 사랑하도록 은빛 반짝이는 길을 달려 정해진 길로 묵묵히 가는 사랑이라. 우리로부터 번져나간 삶의 향기는 널리 퍼졌고 일상이 유지되는 곳에는 평강이 넘친다. 우리는 후회 없이 사랑하며 살다가 떨어질 때도 한 송이 꽃과 같이 지리라. 매 순간 부드럽고 친절한 사랑은 아니었어도 진심으로 서로를 아껴주었던 사랑이 쉼으로 인도하였다. 많은 일들을 함께 겪으며 얼굴 붉힐 일이 많았어도 어둠은 저장되지 않았다. 한숨과 존경스러움이 혼합된 다채로운 사랑이 오히려 이해의 폭을 넓혀주었다. 내 사랑이 내 곁에서 도와주고 함께 있어 줘서, 성장하도록 참고 기다려줘서, 꿈을 이룰 수 있게 힘이 되어줘서 얼마나 고마운지. 모든 것을 다 가진 듯 만족하며 하고 싶은 일을 하며 살 수 있어서 얼마나 감사한지.

푸르른 시절이 지나고 우리의 사랑에도 마지막이 오면 흰 예복을 갖춰 입고 정결한 모습으로 우리를 부르신 그분 앞에 서리라. 그분 앞에 서면 나와 가장 잘 어울리는 짝을 주신 것에 대해 감사하리라. 당신이 맺어준 짝과 한평생 행복하게 살았노라고 경배하며 찬양하리라.

포개진 손 22x22cm_Oil on canvas_2021

돌아올 곳이 되어주고 싶어

1판 1쇄 발행   2022. 08. 15

지 은 이   김화숙
그   림   이도담
발 행 인   박윤희
발 행 처   도서출판 이곳
편   집   이도담
디 자 인   디자인스튜디오 이곳
등   록   2018. 10. 8 신고번호 제 2018-000118호
주   소   서울 송파구 송파대로44길 9(송파동) 4층
팩   스   0504.062.2548

ISBN 979-11-977173-6-9(03810)

도서출판 이곳
우리는 단순히 책을 만들지 않습니다.
작가와 책이 마주치는 이곳에서 끊임없이 나음을 너머 다름을 생각합니다.

홈페이지   www.bookndesign.com
이 메 일   bookndesign@daum.net
블 로 그   blog.naver.com/designit
유 튜 브   도서출판이곳
인스타그램   @book_n_design

이 도서의 국립중앙도서관 출판예정도서목록(CIP)은 서지정보유통지원시스템 홈페이지(http://seoji.nl.go.kr)
와 국가자료종합목록시스템(http://www.nl.go.kr/kolisnet)에서 이용하실 수 있습니다.

돌아올 곳이
되어주고 싶어